contents

序章 …… 006

第一章　身代わり結婚、即バレしました …… 015

第二章　陛下の寵愛が重すぎる …… 091

第三章　あなたの愛の理由を教えて …… 144

第四章　続・陛下の寵愛が重すぎる …… 186

第五章　その溺愛は歴史に残る …… 217

終章 …… 279

…… 286

イラスト／すがはらりゅう

身代わり婚失敗王女は即バレ後、隣国のカリスマ王に執着溺愛され困ります!?

序章

「ええっ？　アステアお姉様、それは本気で仰《おっしゃ》っています？」

「しっ。静かに」

高い声を上げる唇を封じるように、私は人差し指をそっと押し当てた。

指先から触れた妹の唇の感触が伝わってくる。

柔らかいけれど、少し乾燥して荒れているみたい。

後で蜂蜜入りのクリームを用意してやらないと駄目かしら。

そんなことを考えながら、私はにんまりとした笑みを向けた。

こんな悪巧みをしているような私の顔をお父様やお母様、城の人間が目にしたら驚くだろう。

何しろ私、ゼクセン王国第一王女のアステアは、長く豊かな金髪と極上のサファイアのように深く青い瞳を持つ、自分で言うのもなんだけど美貌の王女として有名だ。

少しばかり高飛車で気位が高いのも王女としての素養の一つ。

手の届かない高嶺《たかね》の花、黄金の姫君として知られていて、一部の身近な者を除き、両親やその他の者達にはこんな顔を見せたことなどない。

けれど、今の私はきっと子ども向けの童話の中で登場するような、無責任なアドバイスで主人公を翻弄しては陰で怪しく笑う、意地悪な猫そのものの顔をしているだろう。

私が意地悪な猫ならば、目前で困ったように眉を下げているシャリテは無理難題を要求されて困り果てている哀れな主人公ウサギ、というところかしら。

私たちは今、城の裏庭にある大きなナラの木の下で人目を忍ぶようにそっと身を寄せ合いながら言葉を交わしていた。

困惑を隠せないシャリテに私は諭すように告げた。

「いい？　これはまたとない絶好の機会なの」

「……で、でも、そのお話はヴァルネッサの国王陛下から是非お姉様に、ときた縁談なのでしょう？　私ではありません」

「だから、私の身代わりとして嫁ぐのよ。このアステアの名で、堂々とこの国を出て行くの。どうせ一度も会ったことのない相手だもの。容姿だって姿絵くらいでしか私のことを知らないわ、バレっこないわよ」

私とシャリテはその容姿の特徴がそっくり同じだ。

花にたとえるなら、花の代表ともいわれる美しきバラ。

でも同じバラでも私は大輪の幾重にも花びらが重なった見た目にも華やかで豪華な花であり、

シャリテは慎《つつ》ましくも可愛《かわい》らしい小ぶりの蔓《つる》バラと言ったところだ。

見る人が見れば一目で判《わか》る違いだけれど、同じバラとしてひとくくりにしてしまえば判りはしない。

「たとえ後でバレたとしても、婚礼さえ済ませてしまえばあちらもそう簡単に追い出すことはできないでしょう。少なくともこの国で無駄に人生を終わらせるより、よっぽど未来に可能性があるわよ」

「でもあちらの国を騙《だま》すことになるんですよ？　もし身代わりの事実が明らかになったら外交問題になりますし、私が嫁ぐにしてもせめてあちらの承諾をいただいてから……」

「万が一にも断られては困るのよ。今必要なのは相手の事前承諾より既成事実なの」

「…………」

「あなたの気が進まないのはよく判るわ。でもこのままだとあなたはお母様の命令通り三十も年の離れた男の元へ大人しく嫁がなくてはならない。その相手である伯爵は若い女を痛めつけるのが大好きな変態よ。ことの最中に女の首を絞めないと、達することができないと聞くわ。そのせいで何度も痛めつけられ絞め殺される寸前の被害を受けた女性も一人や二人ではないという噂《うわさ》だけど？」

年頃の若い王女が口にするとは思えない私の赤裸々な言葉に、シャリテが青ざめる。

その顔に浮かぶのは明らかな恐怖と嫌悪だ。

噂だけで人を判断するのは軽率だと判っているけれど、私はこの件に関しては完全なる噂だけではないと確信している。

実際に被害者がいることを知っているから。

そんな男の元に誰が可愛い妹をくれてやるものですか。

でも悲劇的なことに、その男をシャリテの夫にと選んだのは私の母なのだ。

全ては夫の憎き愛妾《あいしょう》が産んだ汚らわしい小娘を、より強く長く苦しめる手段として。

「いいこと、シャリテ。私だってできることなら、もっと穏便な手段であなたを自由にしてあげたい。でもこの機会を逃せば、あなたがお父様とお母様の支配下から逃れることは一生できない。それどころか新たに夫という名の支配者が増えることになるでしょう」

それがどれほど恐ろしい未来か、考えたくもないと言わんばかりに、怯《おび》えたようにシャリテは首を横に振った。

父も母も伯爵もシャリテには恐怖の対象だ。

でもきっと私が提案していることも、彼女には恐怖でしかないのでしょうね。

酷なことを言っている自覚は私にもある、でも。

「たとえ無謀でも、全く可能性がないよりは、少しでも幸せになれるかもしれない可能性に賭けてみない？」

なぜ私たちがこんな会話をしなくてはならないのか、それにはもちろん事情がある。

よく似た容姿から見て判るように、私たちは確かに血の繋《つな》がった姉妹だ。

けれど、母親が違う。

私の母は王の正妻である王妃で、シャリテは父の愛妾の子。

この説明だけでも想像が付くように、シャリテの城の立場は決してよくはない。

むしろ非常に悪い、と言ってもいい。

理由は簡単だ。

王妃である私の母が、夫の不義の子の存在を激しく憎悪しているから。

そのせいでシャリテは王女として認知してもらえないどころか、生活の援助もしてもらえていない。

それどころか城の下女と混ざって掃除や洗濯などの重労働を担いながら、なんとか生きながらえている有様だ。

もちろん報酬なんてあるわけがない。

そんなシャリテを妹として、ひっそりと手助けしてきたのは他でもないこの私だ。

だからこそシャリテは私を慕い、信頼を寄せてくれている。

本当なら私が嫁ぐ際にはなんとしても一緒に連れて行くつもりだった。

でも、今のままだとシャリテの方が先に嫁がされる。

「いい？　シャリテ、よく聞いて。このままでは、もう私はあなたを助けてあげられない。お母様はあなたを幸せになど決してさせてはくれないでしょう」

だからこそ、多少の無茶は承知の上でシャリテをこの城から出さなくてはならない。

お父様の手も、お母様の手も届かない場所へ。

だけどどうすれば良い。

時間がない、手段もない。私にできることは限られている。

そう思い悩んでいた時に舞い込んできたのが、ヴァルネッサ国王からの縁談だったのだ。

求婚状と共に届けられた姿絵に描かれた、今年二十八歳の黒髪の若き王は、なるほど精悍《せいかん》で端正な容姿と、獅子《しし》王と呼ばれるに相応《ふさわ》しい威厳の持ち主で、印象的な深紅の瞳をしている。

その若き王の王妃……つまり正妻として求められているのだから、決して悪い縁談ではない。

それに私が調べた限りオルベウス王は決して甘く見ることのできない相手ではあるけれど、同時に情の深い人物でもあるらしい。

ひとたび戦が始まれば自ら剣を握り、馬を駆って敵将の首を獲《と》りに行く勇猛さと、即断即決ですぐに結果を求める判断力を見せつけたかと思えば、地道で根気のいる政策に時間を掛けて取り組むことのできる辛抱強い一面を併せ持つことでも知られている。

オルベウス王とは会ったこともないからやっぱり本当のことは判らないけれど、彼が手がけてきた仕事の過程や結果を調べればある程度の為人《ひととなり》を推測することはできた。

少なくとも身寄りのない、帰る家もない哀れな娘を弁明もさせずに罰するような真似《まね》はしないはずだと。

それも正妃として迎え入れ、情を結んだ相手ならばなおさらに。

「これは賭けになるわ。絶対に大丈夫なんて保証《ほしょう》はない。でも、私はヴァルネッサに賭ける。完全に詰んでいる伯爵との結婚より、オルベウス王の方がまだ可能性があるもの」

「でも、お姉様の身代わりなんて、もし露見してオルベウス王の怒りを買うことがあれば……」

「その時はその時よ。もしバレた時には私に強く命じられて逆らえなかったと情に訴えなさい。でもその前にオルベウス王をあなたが籠絡《ろうらく》する努力はしてよ」

「そんな、私が籠絡だなんてできるはずありません」

「何を弱気なことを言っているの。大丈夫、もっと自信を待ちなさい。磨けばあなたは輝くわ。黄金の姫君と賞賛される私の妹なのよ？」

随分と自惚《うぬぼ》れているように聞こえるかもしれないけれど、私たちの容姿が人よりも恵まれていることは事実なのだから、否定する方が嫌味《いやみ》でしょう。

この点に関しては両親に感謝している。

それにどんな男だってシャリテを知れば愛さずにはいられない。

私の妹はそれくらい美しく、心優しく、そして本当に健気《けなげ》な子だ。

理不尽で苦しい立場に追いやられても、まっすぐな心を忘れずに育った娘だもの。

オルベウス王だって、必死に生きようと目の前でぷるぷる震えている可愛らしい子ウサギにはきっと心が揺れるに違いない。

「……お姉様とはもう、会えなくなるのですか?」

祈るように両手を組み合わせながら、潤んだ瞳を向けて寄越す眼差《まなざ》しに一瞬声に詰まった。

確かにシャリテがヴァルネッサへと嫁げば、そう簡単には会えない。

下手をすれば二度と会えない可能性だってある……でもこのまま私がヴァルネッサへ嫁ぎ、シャリテが変態伯爵の元へ嫁げば、それこそ本当に二度と会えなくなるだろう。

「……馬鹿ね、普通の姉妹だって結婚すれば離れて暮らすものよ。あなたはあなたの場所で幸せになれるよう努力なさい。それに、生きてさえいれば、きっとまた会えるわ」

私がそう言って笑うと、シャリテは渋りながらもようやく肯《うなず》き、縋《すが》り付くように私の胸に飛び込んできた。

半ば強引に肯かせた自覚があるだけに胸が痛むけれど、今の私には本当にそうすることでしかシャリテを逃してやれる手段がないのだ。

私は、絶対に妹を不幸にはしたくなかった。

だって覚えているから、シャリテの母を。

忘れることはできない。過去に自分が見て、そして感じたことを。

その時に誓ったのだ。

シャリテをこの城から、お父様やお母様の手の届かない場所に逃してやる、と。

妹の華奢《きゃしゃ》な身体を抱き返し、手入れが不十分で艶の乏しい髪を撫《な》でながら、私は呟《つぶや》くように囁《ささや》いた。

それはまるで、シャリテと言うよりも自分自身に言い聞かせるようだった。

「……しっかりオルベウス王を堕《お》として、幸せになってね、シャリテ。あなたならできるわ」

第一章　身代わり結婚、即バレしました

きっと大丈夫、上手くいく。

やればできる。

私の計画だもの、と。


「……そう信じていたこともありました」


どこか呆然《ぼうぜん》と呟く私の声は、だだっ広い部屋の中であえなく消えた。

「どうして私、あの時はいける、大丈夫って本気で思えていたのかしら」

今改めて考えると、自分でも相当無謀だったなと思う。

つまりそれだけ私も追い詰められていたということかしら。

今となっては過去の出来事、若気の至りである。

肺の中の空気を全部外に吐き出すくらい深々と長い溜息《ためいき》を吐いて、私は心許《こころもと》ない己の身体を

抱きしめるように腕を交差させながら周囲を見回した。

今、私がいるのはヴァルネッサ王国の城にある、王と王妃の寝室だ。

つい数時間前に結婚の誓いを交わした新婚の国王夫妻のために、これでもかと飾り付けられ、不必要なくらいムードたっぷりに演出された室内は、とてもではないが安眠を誘う雰囲気ではない。

むしろ、あからさますぎて逆に目が冴《さ》えるわ。

特に大きな存在感で部屋の中央に鎮座する寝台に、真っ赤なバラの花びらがこれでもかと撒《ま》かれている様は、さあここで思う存分いたせ、暢気《のんき》に寝ている場合ではないぞ、と言わんばかりの圧力を感じて途方に暮れる。

できる限りそちらを見ないように意識しながら、代わりに部屋の内装に目を向けた。

どちらかというとゼクセンは大陸の東の影響を受けたせいか女性的な華やかさが目立ち、取り入れられるモチーフは花とか、女神とか、妖精とか、可愛らしく繊細なものが多かった。

でもヴァルネッサは西の影響を強く受けているみたい。

西の国によく見られる男性的で力強い、特徴的な様式美は、ヴァルネッサ王城のいたるところにある馬や鷹《たか》、獅子などの動物や戦士などのモチーフから窺《うかが》える。

隣り合う国同士なのに、まるで線を引いたみたいに文化に明確な違いが出るのは面白いわね。

よく見ればこの寝室の柱にも複雑な装飾を施された宝剣が彫られているし、壁に飾られたアミュレットは大陸神話で神の加護を与えられた盾がモチーフになっている。

ゼクセンの文化に慣れ親しんだ身としては、ここは戦場かと問いたくなるわ。

いや、ある意味戦場になるのかもしれない。

勇ましく猛々《たけだけ》しい文化から、今夜は頑張れと理不尽な圧を掛けられている気がするのは私の被害妄想だろうか。

知らぬうち、また溜息が漏れた。

「……私、どこで間違えたのかしら？」

言うまでもない。最初から間違えていたのである。

と言うよりも甘く見すぎていた。

追い詰められていて判断力が鈍っていたと言われたら否定はできない。

たった一人で息を詰める室内に、ガチャリと扉が開かれる音が響いたのはその時だ。

私の意思にかかわらず、反射的に大きくびくっと肩が揺れる。

恐る恐る扉の方を振り返れば、その向こうから一人の青年が室内に足を踏み入れる姿が見えた。

その人物の名を、私はもう知っている。

今日、正式に夫婦の誓いを立てた相手……そう、彼こそがヴァルネッサ国王、オルベウス・ゾル・ヴァルネッサその人である。

彼と婚礼を挙げるのはシャリテだったはずなのに、今ここにいるのは私。

計画では、今頃はゼクセン王家直轄の田舎に引っ込んでほとぼりが冷めるのを待っているはずだったのに。

シャリテが私の名で嫁いだので、嫁いだはずの王女が王城にいるとどこからか情報が漏れ、オルベウス王の耳に入っては困るから。

でも私は今、田舎に引っ込む間もなくヴァルネッサの城に呼び出され、あれよあれよと言う間に祭壇の前に引きずり出されてここにいる、王妃として。

「どうした、我が妃殿。まるで罠《わな》にかかった野ウサギのように怯えているではないか」

シャリテに身代わりを提案した半年前のあの日、私は自分が物語に出てくる意地の悪い猫のようで、ウサギはシャリテだと思っていた。

それが今、完全に立場が変わってしまっている。

それにしても初めて会った時にも思ったけれど、いい声をしているわね。

この人、声で女を殺すタイプだわ。

……って、今はそんなことを考えている場合ではない。

私もまだ大分混乱しているみたい。

「怯えてなどおりません。環境の変化に多少困惑はしておりますが」

「随分顔色が青ざめているようだが？」

「それは……少し、寒いだけです。何しろご用意いただいた羽織物が随分薄いもので」

本当は彼の指摘通り怯えていたけれど、それを認めるのは悔しい。

一応は私にも王女としてのプライドがあるのだ。

自然と縮こまりそうになる背筋を精一杯伸ばして目の前の青年王を見据えた。

そんな私がどう見えているのか、オルベウス王はその口元に愉快そうな笑みを浮かべながら、危険なくらい色気のある流し目を、こちらにくれて寄越す。

……ああ、はいはい、すごいわ。

声だけじゃなく視線でも女を殺す人ね。

この人これまでに何人の女を再起不能にしてきたの？

オルベウス王は、私が事前に目にしていた姿絵とはまるで違った。

絵に描かれた彼は確かに麗しい美貌の持ち主だったけれど、実際は美貌以上に精悍な男らしい容姿の持ち主だったのだ。

つまり絵の方が彼の本当の魅力を描ききれていない。

背は高く肩幅も広い。

鼻筋は通り、唇の形もよく、頬《ほお》から顎の輪郭は触れてみたくなるほど男性的だ。

漆黒の髪とルビーのように赤い瞳はともすると童話の中に出てくる悪魔のような色合いなのに、不思議とそれがよく似合っていて、どこかエキゾチックな魅力と威厳に溢《あふ》れている。

はっきり言って、王としても男性としても非常に魅力的な人物だった。

もっとはっきり言うならば、私のタイプだった。

それも、かなり。

その身体が理想的に鍛え上げられているのは、軽く羽織ったガウンの合わせ目から覗《のぞ》く胸板で判る……そう、この男は今、非常にラフな姿をしている。

新婚初夜、という状況を考えれば当然なのかもしれないけれど、多分そのガウンの下には何も着ていない。

なぜならかなりきわどい部分までガウンがはだけられた合わせ目から覗くのは、全て生々しい肌色と、筋肉だからだ。

できるだけ見ないようにさりげなく焦点を微妙に外していたのに、一歩、また一歩と近づかれると視野が狭まって、嫌でも目の前の魅力的な男の身体が見えてしまう。

ちょっとやめてくださらない?

あなたの腹筋が綺麗《きれい》に割れているのは判ったし、胸板が立派なくらい厚いのもよく判りました。

だからその危険すぎる身体を少し隠してくださいな。

箱入りの王女には刺激的すぎるのよ。

……そう懸命に訴えたけれど、あいにくと心の中でのことなので彼に伝わることはない。

さりげなくその場から後退《あとずさ》る私を追い詰めるように、オルベウス王が大股に歩み寄ってくる。

「ひえっ……！」

不本意にも、淑女にはほど遠い情けない声が喉の奥からかすかに漏れてしまった。

だってこの人、私を壁際に追い詰めたと思ったら、両腕で逃げ場を塞いでしまったのよ。

目の前に殺人的に魅力的な王の肉体と、左右には同じく逞《たくま》しい彼の腕。

思わずその腕の下をくぐって逃げようかしらと思ったけれど、ギリギリ退散しかけていた私の意地が蘇《よみがえ》って、踏みとどまらせてくれた。

「……あ、あの。近くありませんか」

意味のない事実を指摘する私に彼はあっさりと答えた。

「当たり前だ。近づかずにどうやって夫婦の契りを交わせと？」

契り、という言葉に私の肩がまたびくっと跳ねる。

完全に気圧《けお》されている。

それを知られることが悔しいのに、こちらの怯えを承知の上で彼は笑う。

それはもう楽しげに……獲物を追い詰める狼《おおかみ》のように。

その瞳の奥に獰猛《どうもう》な肉食獣に似たギラつきを感じたのはきっと気のせいではないだろう。

無駄だと思いつつ、問わずにはいられなかった。

「……陛下。今夜は朝早くからあれこれとこなして、お疲れでしょう？　このまま静かに休みましょう、なんて提案は……」

「却下だな。確かに疲れてはいるが、あなたを慈しむことができないほど枯れてはいない」

ですよねー……うん、判っていたわ。

この人、やる気満々ね。

「最初から判っていたことだろう？　覚悟の上ではなかったのか？」

「もちろん覚悟はしておりました。ただ、その、色々と想定外のことがありましてですね」

「私もまさか望んだ相手とは違う女性が堂々と送られてくるとは想定外だったな」

「……まあ、オルベウス陛下ともあろうお方が、すぎたことにいつまでも拘《こだわ》るなんて、そちらの方が私にとって想定外ですわ」

それを言われると立場が弱いのはこっちだ。

でもそれとこれとは話が別である。

内心の動揺を精一杯押し隠しながら、おほほほほ、と微笑《ほほえ》んでみせるけれどオルベウス王は「ふうん？」と言いたげなどこか挑発的な眼差しで私を見下ろした。

「ならば自身の企《たくら》みが露見した際のリスクは充分考えた上でのことなのだろうな。私はこの一件を理由に戦を起こすこともできるのだが？」

「思慮深きオルベウス陛下がそのような理由で民を安易に苦しめる真似をなさるとは思えません。どうぞ浅はかな女のすることだと笑って受け流してくださいませ」

「つまりあなたは己の犯した過ちの責任も取らず、一国の王妃として身を捧《ささ》げる覚悟もなく我が国へ、ただ妹姫を取り戻すためにやってきたというのかな。なるほどたいしたご覚悟だ」

はっきり判る、挑発されていると。

そんな安い挑発になんて乗るわけないでしょう。そう思ったのに。

「責任を取る気のない姉の片棒を担いだ妹君も、同様の考えか？」

「そのお言葉は訂正してくださいませ。責任くらい、いくらでも取る覚悟はあります。それにシャリテは最後まで私の計画に反対しておりました」

無責任だと断じられるだけならばともかく、シャリテのことを持ち出されて、ついカチンとした私は反射的に言い返していた。

途端オルベウス王がまたも意味深に笑う。つい先ほど安い挑発になんて乗らないと思ったのに、結果的にあっさりとその挑発に乗せられたと気付いたのはこの時だ。

ぐうっと喉の奥で唸《うな》り声《ごえ》を殺しながら奥歯を噛《か》みしめた。

「では、責任を取って、あなたには当初の予定通り、私の妃となってもらおう。自身で言い切ったことだ、この上言い逃れが通用するとは思っていないだろうな？」

つまり、ごちゃごちゃ言わずに抱かれろ、とそういうことね。

なんだかすごく悔しい。でも悔しい理由はこの王に抱かれることではなく、なんだか上手く手のひらで転がされているような気がひしひしとしていることだ。

恨みがましい目で見上げると、彼はまた笑う。

腹立たしいくらい余裕たっぷりの姿が憎らしいが、同時に堪《たま》らなく男性の魅力に溢れていて、無視できない。

彼からほのかに香る匂いもいただけない。

入浴を済ませ、香水なんてつけていないはずなのに、彼自身が放つ汗と肌の匂いが途方もなく官能的に感じるのだ。

獣が持つ体臭は、異性が伴侶として相性を見定める効果があると聞いたことがある。

相性が良ければ好ましく感じるし、悪ければ悪臭に感じると。

どうやらオルベウス王の肌から香る匂いは私にとって前者だったらしい。

おかげで泣きたくもないのに目が潤んでしまうし、頭に血が上って、のぼせてしまう。

足なんて、さっきからナイトドレスの下で笑っているわよ。

咄嗟《とっさ》に顔を背けたけれど、潤んだ瞳はしっかり目撃されてしまったようだ。

「随分と初心《うぶ》な反応をする。今の何も知らぬ乙女のようなあなたと、妹姫を身代わりに送りつけてくるような強《したた》かな王女と、一体どちらがあなたの本当の顔なのだろうな」

「私は私です。何一つ偽ってなどおりません」

「なるほど。それはこれからゆっくりと観察させてもらおう。今夜は初夜だ、まずは初心な乙女のあなたを教えてもらおうか」

カッと頬に血が上る。

どうあっても私を抱く意思を崩さないオルベウス王から逃げられる気はしない。

それに初夜は結婚を正式なものとして成立させるためには避けられないことだ。

……仕方ない、ここはもう私が腹を括《くく》るしかない。

「……承知しました。どうぞご随意に……」

承諾するや否や、言葉を最後まで言い終わらぬうちに物理的に封じられた。

「んんっ⁉」

信じられない、この人すかさず私の口を塞いできたわ、自分の唇で。

まるで食べてしまうかのように唇全体を覆い、隙間なく唇を重ねられて息が止まる。

言葉を紡ぐために中途半端に開きかけていた口を咄嗟に閉じようとしても、それよりも肉厚で生温かい舌が侵入してくる方が早く、我が物顔で口内を荒らすその行為に私の頭は完全にパニックに陥った。

「ん、んんっ、んーっ‼」

私にとって、これが正真正銘異性と交わす初めての口付け。

愛読しているロマンス物語の中では、ヒーローが実に優しくロマンチックにヒロインに触れるのに、オルベウス王……ああ、もう、呼び捨てでいいでしょう。

オルベウスの口付けはまるで蹂躙《じゅうりん》するかのよう。

「ん、あむっ、ふ、んんっ‼」

驚いて、混乱して、もがくように彼の肩を叩《たた》くけれど、彼の行為は止まらない。

私の口内を犯すように、頬の内側、歯列、舌の付け根を舐《な》められて強く舌を絡め取られ、途端に顎から背筋に突き抜けるような経験のない刺激に足が崩れそうになる。

がくっと身体が落ちそうになるとすかさず彼の片腕が腰を支えてきた。

頭がくらっとする。

逞しい男の生々しい肉体が私の身体を抱え込んで、その胸板に重なった乳房が潰される。

息苦しいはずなのに、口付けの合間に呼吸を許されて、大きく息を吸い込んだ途端、空気と一緒に胸いっぱいに広がった彼の匂いに頭がクラクラした。

じんっと腹の奥が熱くなる。

彼が緩んだ私の両足を割るように片膝を差し入れた。

太い腿《もも》に跨《また》がらせるような格好でぐいっと押し上げられると、幾重かの生地越しに私の秘部が刺激されて顔が熱くなる。

こんな強引な扱いをされているのに、既に私の身体は反応し始めている。その事実を否定したくて堪らない。なのに、その場所がむずむずと疼《うず》いて、少しずつ潤い始めているのが判る。

「うっ……」

腿でぐりぐりと私の両足の奥を前後に擦るように刺激を続けながら、オルベウスは角度を変え、幾度も重ね、探り、深すぎる口付けを与えてくる。

大胆な男の手管に、初心な身体はなすすべもなく翻弄されるばかりだ。

いつしか私は彼の肩に縋《すが》るようにしがみ付いていた。

顎が痺《しび》れるほどの口付けからようやく解放された時、二人の間を繋いでいた透明な糸を、オルベウスが舌で断ち切る仕草が妙にいやらしい。

息も絶え絶えに胸を大きく上下させる私を、彼の赤い瞳が間近で見つめている。

ねっとりと絡みつくようなその視線はナイトドレスに隠された私の肌を見透かしているみたい。

捕まる、と感じた。この瞳を真正面から見ていたら、私はこれまでの私とは違う人間に変えられてしまいそうで慌てて目を逸らそうとしたのに、彼は逃してはくれない。

「きゃっ……！」

直後、彼が私の胸元へと触れた。咄嗟に身を捩《よじ》ろうとして気付く。

彼の手の動きに合わせて私の胸が袷《あわせ》からこぼれ出ている。

薄いとはいえ、確かにナイトドレスを着ていたはずなのに……いつの間に胸元と腰のリボンを解かれていたのか、開かれた袷の隙間から私のうっすらと色づいた肌が覗いていた。

肌だけではなく、本来は隠さなくてはならない秘めた場所まで全部だ。

下着？

そんなのもちろん着せてもらえなかったわよ。

「いや……！」

肩からナイトドレスが滑り落ちそうになるのを慌てて胸の前で押さえたけれど、柔らかく滑らかな生地は大きく下がって上半身の殆《ほとん》どを露《あら》わにしてしまう。

開いた生地の合間、すかさずオルベウスの手が潜り込んできて、その大きな手でお腹《なか》を撫でられた。

「あっ……！」

もちろんそんなところを異性に触れられたことなんてない。

でもオルベウスの手はもっと大胆で、そのままお腹から下腹を滑ってどんどん下がっていく。

あっと思った時には、彼の手はその膝で擦られていた私の秘部へと辿《たど》り着《つ》き……そしてやっぱり大きな手で秘部全体を包み込むようにその手を這《は》わせてきた。

「ひっ！　うそ、あ、いや、待って……あぁん！」

彼を制止しようとする声が即座に甘い響きを宿す。私の秘部に触れるその手を引《ひ》き剥《は》がそうと両手で腕を掴《つか》むと、それまで押さえて隠していた胸が生地の合間から零《こぼ》れ出て、その目前に晒《さら》されてしまった。

結局私は秘部から彼の手を離すこともできなければ、胸を隠すことにも失敗して、動揺と、困惑と、羞恥、そして愉悦の混じった声を上げさせられる羽目になった。

「濡《ぬ》れているな。いい反応だ」

太く長いその中指に繊細な場所をなぞられて、襞《ひだ》の一つ一つを丁寧にかき分けられると、それだけで腰が砕けそうなくらいの快感に襲われる。

オルベウスはただ指で撫でているだけ。

なのに足から力が抜けて立っていられなくなる。

私は自分の身体を支えるために、彼に縋り付かなくてはならなかった。

「あっ、あ、んっ、ん、んんっ……！」

撫でられるたび、じわっ、じわっと熱い何かが私の奥から溢《あふ》れ出て、それと同時に腹の奥に宿った熱がじりじりと焦げ付いていく。

縋った爪が何度も彼の腕のガウンの生地をひっかくように掴むけれど、オルベウスの手と指は揉《も》み込むように私の襞をかき分けて撫でる行為をやめようとしない。

「随分と気持ちよさそうだ」

からかう言葉に反論などできなかった。

本当に気持ちよかったからだ。

今までこんな快感を味わったことなどないと言い切れるくらいに。

丁寧に私の襞を繰り返し撫でていた彼の手が、襞の上部に隠れていた小さな花の芽を探り出したのはその時だ。

まだ皮を被ったままの慎ましい芽だけれど、優しく一撫でされただけでビリッと響く強い刺激に、思わず腰が跳ね上がってしまう。

私の中からぼたぼたっと溢れ出た蜜がオルベウスの手から零れ、内股を伝って、一つ二つと床に雫《しずく》を落とす様にカッと顔に血が昇った。

なのにオルベウスはなおもその手を止めてはくれないのだ。

「っ、っ、っく……」

両足の震えが大きくなって、もう本当に自力では立っていられない。

より強く、オルベウスにしがみ付く手に力を込めながら、私は彼の胸元に顔を押しつけたまま、すすり泣くような喘《あえ》ぎを漏らした。

その場所がじんじんする。

体温が上がって汗が噴き出し、肌を湿らせていく。

つい少し前にするりと滑ったナイトドレスやガウンが私の汗で湿って、肌の途中で引っかかって止まった。

オルベウスの片腕が私を抱え上げたのは、いよいよ自力では立てずにその場で崩れ落ちそうになった時だ。

「きゃあ！」

不安定な姿勢に思わず何度目かの悲鳴を上げて縋り付いた。

持ち上げられたことによって身体の位置が高くなり、むき出しにされた乳房が彼の目前に晒される。

ふるりと揺れる膨らみと、色づく先端に目を向けて、彼が笑った。

「大胆だな」

「だ、誰のせいで……っ⁉」

彼はきっと私の言葉など求めてはいなかったのだろう。

目の前に、さあしゃぶれと言わんばかりに差し出された、膨らんで尖《とが》り始めた私の乳首に、遠慮なしに舌を伸ばして絡みつき、そのまま口内へと収めた。

「あああっ！」

まるで果実でも食べるかのように彼は熱い舌で先端を舐め転がして、歯を立て、吸い上げてくる。

胸からお腹へ、そして背骨へ駆け抜ける強く甘い刺激に私は奥歯を噛んで堪えるも、身もだえする身体の反応を止めることなどできるはずがない。

「あ、あ、あっ。……ふ、や……あぁ……ふ、んっ……」

口を閉ざそうとしても、鼻からひっきりなしに甘い声が抜ける。

もがくように彼の頭を掻《か》き乱して引き離そうとするけれど、その片手に抱え上げられた状況では逃げられない。

カリッと歯を立てられ、舌先で擽《くすぐ》るように舐められて、お腹の奥に燻《くすぶ》るような火が点《とも》るのを感じた。

身体の芯が震える、体温が上がる、汗が滲《にじ》む。

頭の中がどろりと溶け、理性が崩れていく。

彼に与えられる快楽の前に私の身体はあっけなく堕とされて、与えられる愉悦を必死に追いかけようとする。

気持ちいい。

もっと、もっと続けてと思いながら、同時にこんなにいいのに何か物足りないとも思う。

先ほど手と指で可愛がられた場所が、ひっきりなしに痛いくらいに蠢《うごめ》いて止まらぬ蜜を吐き出し続けるようだった。

「いい顔をしている」

からかわれたと、一瞬正気が戻って顔を背けそうになるけれど、続いたオルベウスの言葉が私をまた新たな混乱の渦にたたき落とした。

「可愛いと褒めているんだ。そのまま余計なことは考えずに可愛らしく啼《な》いていなさい」

オルベウスが私を抱えて向かった先は、部屋の中央に鎮座するあの大きな寝台だ。

まき散らされたバラの花びらを、掛布を引き剥がすと同時に払い落とし、まっさらなシーツの上に私を転がす。

羞恥と戸惑いが入り混じる眼差しを向ける私を見下ろして、オルベウスはまた笑う、まるで悪戯《いたずら》を仕掛ける少年のように。

もうまともに見ていられず、虚勢を張る余裕もなくなって私はぎこちなく目を反らした。

間近で彼が笑う気配が伝わってくる。

そしてオルベウスは私の手を取ると、何を思ったか突然人差し指に口付け、舌を這わせた。

慌てて引っ込めようとしたけれど、指の股まで擽るように舐められて沸き起こるむず痒《がゆ》いような妖しい刺激に身もだえしてしまう。

そんな、普段何気なく使っている手ですらこの人は性感帯に変えてしまうの？

オルベウスはさらに指先から手の平へと舌を這わせて、手首の内側の柔らかな肌に吸い付いた。

じゅっ、と淫らに吸い上げる音を立てて。

「んっ……」

ぞくっと背筋を駆け上がる甘い痺れに肌が粟立《あわだ》つ。

産毛という産毛が逆立って、思わず意図しない声が漏れてしまう。

そんなところを舐められただけでこんな反応をしてしまうなんて恥ずかしすぎる。

けれどオルベウスの唇も舌も、当然のようにその場所だけでは終わらない。

徐々に手首から二の腕へ、肩へ、首筋へ……そして再び私の唇へと辿り着いた時、私の呼吸はすっかりと上がり、その温度を上げていた。

「口を開けて、舌を出しなさい。……そうだ」

もう、今の私は彼の言葉に逆らう意思なんてない。

言われるがままに口を開き、僅かに舌を差し出すと、すかさずそこに吸い付かれてお互いの舌が擦《す》り合わされる。

唾液を纏《まと》って絡みつく彼の舌はまるで何か別の生き物のようで、歯を立てたり吸い付いたり、隙間なく重ねては擦り立てる淫らなキスに私はすっかり夢中になっていた。

そうしながら彼の手は私の腕に中途半端に引っかかっていたナイトドレスとガウンを剥《は》ぎ取《と》り全裸にしてしまうと、その両手で私の胸を下から掬《すく》い上げるように揉《も》みしだく。

もちろんそこを異性に触れられるのも初めてなのに、汗ばんだ私の身体は肌という肌を敏感にさせ、触れる彼の全てを喜んだ。

多分今、私は首筋から上の肌全てを赤く染めているだろう。

「キスは好きみたいだな」

「……そんなの、わからな……」

「そんな蕩《とろ》けた顔をして言われてもまるで説得力がない」

「私は……」

何を言おうとしたのか自分でも判らないまま言葉を紡ごうとした私の口を塞ぐように再びオ

ルベウスは唇を重ね、そして私の胸の尖りを爪で弾《はじ》いた。

オルベウスは手の平で私の胸を揉みさすりながら、指の間に乳首を挟んで擦り、つまみ、そしてひねり上げる。

真っ赤に充血して、ぷっくりと膨れたその場所を捏《こ》ねられるたび、敏感な場所を弄《いじ》られる小さな痛みと、びりびりと肩が跳ねるような刺激が気持ちよくてくせになりそうで怖い。

「……ん、ん、あぁ……」

溜息と喘ぎが混じった声が彼の口の中に吸い込まれた。

私の口を解放しても、オルベウスは二つの乳房を堪能し続ける。

胸の形を確かめるように手の平で撫でさすられたと思ったら、今度は感触を楽しむようにやわやわと揉みしだかれて、ひっきりなしに与えられる刺激に私は息を整えることもできなかった。

「胸が弱いのか？」

問われて首を横に振った。

否定というよりは、自分でも判らない。

だってこんなこと、他に経験がないのだから。

でもぴたりと指の動きを止められてしまうと、じれったいような物足りないような気がして、もっと続けて欲しいと思う。

私はどこか物欲しげな顔をしていたのだろうか。

からかうような問いをしながらも、オルベウスの喉がゴクリと動くのが判る。

その彼の声からは少しずつ余裕がなくなって、低く艶と欲望を帯びたものに変わっていく。

私の肌に触れながら、彼もまたその興奮を高めているのだと本能で理解した。

「んっ……」

彼の両手が、ことさらゆっくりと両の乳房の脇から中央へ寄せ合わせるように手の平全部を使って持ち上げた。

しっとりと汗ばんだ女の柔らかな肌に、男の固く熱い肌が吸い付くように重なる。

彼が肌をさするたびに強い摩擦が刺激となって私を身もだえさせた。

「ここがすっかり色づいて、固くなっている。気持ちいいか？」

からかうように彼の指先が、繰り返し色を深めてふっくらと主張し、ピンと立っている乳首をくびり出すように扱《しご》く。

「あ、ふぁっ……」

痛みは感じないくらいの力加減なのに、少し間を置かれて焦らされたせいか、びりびりっと先ほど以上に強い刺激に背が跳ねた。

まるでそこが神経の塊にでもなってしまったみたいだ。

奥歯を噛みしめながら身を竦《すく》めれば、私の胸の谷間にオルベウスが顔を伏せる。

そして……そこに浮かび上がった汗を一舐めすると、そのまま膨らみに口づけた。

その時、僅かにピリッとする痛みを覚えた。

白い肌にじんわりと滲むように浮かび上がる印をどこか不思議な気持ちで見つめていると、彼は私の肌の上に小さなキスをいくつも落とし、まるで私の視線を誘導するように片方の胸の先端へと吸い付いてくる。

「あっ……」

ねっとりと熱い舌が絡みつくのと同時に、またぞわぞわと背筋を擽るような快感に襲われた。

胸の先が、そして腹の奥が疼き、堪らず背を反らす。

灼《や》けるように熱い火の塊が私の身を燃え上がらせるみたいだ。

この身のうちに宿る熱をどうやって解放すればいいのか判らない。

「んっ、ん、ふ、んんっ」

自分のものとは思えない、鼻から抜けるような甘ったるい声が零れるたびに、私の頭から思考能力が奪われていく気がした。

経験したことのない甘く強い愉悦は、今や私の全身を蝕《むしば》んで背筋から身体の末端までどろりとした快楽の沼へと引きずり込むようだった。

こんな異性に媚《こ》びた声を上げるなんて普段の自分なら絶対にあり得ない、と言い切れたはずなのに、現にこうして身をわななかせながら啼《な》かされると、自分という人間が判らなくなってくる。

混乱と羞恥の中に僅かに残る虚栄心が、なんとか自分を保とうとあがくけれど、駄目だった。

「無駄な努力はしない方がいい。余計なことは考えるなと言っただろう」

相変わらず小さな子どもでも宥《なだ》めるような口調でオルベウスはそう言うと、可哀想なくらい凝って赤く充血した私の乳首の片方に飽きもせず舌を這わせて強く吸い上げた。

「ああんっ！」

痛みと、それを上回る甘い快感に声が詰まり、どうにか合わせた両足が僅かに崩れた。

まだ胸を可愛がられているだけなのに執拗《しつよう》な愛撫《あいぶ》が信じられないくらい気持ちいい。よくて堪らない。

これ以上行為が進んだら私はどうなってしまうの？

小さな怯えすら抱いた私の心を読んだように、オルベウスの片手が胸から身体の正中線を辿《たど》って、腹を撫で、そして崩れた両足の間へ滑り落ちていく様が見えた。

その手がその行き着く先がどこか、なんてもう確かめる必要もない。

「あっ、いや……」

「いやということはないだろう。これだけ濡れていれば、あなたの身体が傷つくことはない。酷《ひど》いことはしないと約束する。だから、できるだけ力を抜いて」

強引なくせに、彼のその声はびっくりするくらい優しく聞こえた。

少し意地悪だった今までの口調や声音とは違う柔らかな彼の声に、私の身体の奥がきゅんとひくつく。

その一瞬の隙を突くように、彼の一回りも二回りも大きな手がいとも容易《たやす》く私の太腿《ふともも》を割って、半ば強引に左右に開かせてしまった。

その目前に何もかもが晒される姿勢で。

「っ……」

異性の前でなど晒したことのない場所を露わにされて、身の置きどころがない。

「も、見ないで……」

あまりにも強い羞恥からそんな言葉が零れ出るが、もちろんオルベウスが従うことはない。

「そんなもったいないことができるはずがないだろう。あなたのここは綺麗だな……襞も花の芽も、……そしてその奥も、つやつやと美味《おい》しそうな色をしている」

彼の指が私の襞に触れ、すうっとなぞった。

それだけでびくっと腰が跳ね上がるのに、オルベウスは両手の親指で襞の奥に隠れている入り口を割り開き、そこを覗《のぞ》き込むように顔を近づけてくる。

「いやぁ……！」

とんでもなく淫らな行いに、か細い悲鳴混じりの声を上げて目を閉じるけれど、どんなに見ないようにしても……いや、目を閉じているからこそぬるりとそこに触れた彼の指が滑る感覚が生々しく伝わってくる。

彼の指が私の入り口をなぞって擽るたび、音を立てる勢いでどろりと蜜が溢れ出た。

くちゅくちゅと淫らな音が聞こえ、次第にその音は大きく響いてくる。

「あぁ……だめ、だめ……！」

「本当に駄目なのか？　……まあ、返事は聞くまでもないな」

オルベウスの指は、蜜が溢れ出る源泉を探りながら、同時にすっかり膨らんだ私の花の芽を可愛がるように撫でた。

「や、あっ、そこ、へん……！」

少し前まで存在も知らなかった陰核を擦られた瞬間、頭を殴られるような強い刺激に腰が怯えるように跳ねるのを止められない。

「ここを自分で触ったこともないのか？」

ふるふると首を横に振る。

「本当に、何もかも初めてなんだな。アステア」

どうしてそんなに嬉《うれ》しそうに笑うの？

どうして何度も口づけるの？

そしてどうしてこんなに念入りに私を溶かすの？

ただこの結婚を成立させることが目的なら、こんなに丁寧に身体を開かせる必要はない。

泣こうがわめこうがさっさと貫いて子種を撒き、そしてさっさと終わらせればいいのだ。なのにそんなふうにされると、まるで甘えてもいいのだと言われているような不思議な気分になってしまう。

胸の内が自分でもよく判らない感情で満たされるのと比例するように、私の中心は激しく疼いた。もう少しもじっとしていられないくらいに。

「指を入れるぞ。……ああ、やっぱりまだ狭いな」

ゆらゆらと無意識に揺れ始めた私の腰の動きに合わせて、ぬっ、と身体の中に何かが入ってくる。

まだ男がどんな存在かも知らない身体のはずなのに、どんどん深くまで押し入ってきたものを私の中がもぐもぐと咀嚼《そしゃく》するように彼の指に甘く絡みつき締め上げるのが判る。

ああ、と熱い吐息が漏れた。

痛みこそないけれど、奇妙な違和感と圧迫感は存在していて、しかもそれが身体の中で動かされると余計に奇妙な感覚がする。

私が大きな拒絶をしないことをいいことに、胎内を探る指の数は二本に増えて、乙女の門を拓《ひら》くように中をかき回される感覚にめまいがした。

……オルベウスの指が抜き差しするたび、また音がする。

聞くに堪えない、粘着性を伴ったあの淫らな水音が。

そして身体の中を直に撫でられる奇妙な愉悦も。

「あ、ん、んっ！　その音、いや……っ」

「あなたの身体が受け入れる準備をしている証拠だ。判るか？　本当にドロドロだぞ」

「お願いだから、もうこれ以上変なことを言わないで……」

その音が自分の身体から溢れているものが原因だと思うと、ますます頭の中がぼやけて思考が麻痺《まひ》してくるようだ。

半ば懇願するように彼に訴えながら、私はひっきりなしに喘いだ。

彼の指が繰り返し私の中を広げ、擦り、なぞる。

その内部がどんなふうになっているのかを確かめ、どこが弱いのかを探すように。

大きく太い指が女の身体をまるで楽器のように啼かせる器用な動きに、不慣れな私の身体はなすすべがない。

内側を探るのと同時に表で膨らむ花の芽のてっぺんをこするように優しく撫でられると、私の中でどんどん熱が膨らんで高まっていく。

「あっ、待って、待って……！　何か変……！」

「いきそうか？　我慢しないでそのまま委ねろ」

どうして私が切羽詰まった声を出すたび、彼はより強く、そして淫らに動くの。

ぐちゃぐちゃと内側を掻き乱しながら、彼は花の芽を刺激し続ける。

何度も飽きもせず、容赦なく私を追い詰めるように。

「いや、もう動かさないで！」

訴えても止《や》めてくれない。

水音が激しくなる。

音が増すのに比例して、私の内側は激しくわななく。

胎内に沈められた彼の指を咥《くわ》え込まされ、長い指で深い場所を押され、探られる間も、じわっ、じわっと蜜が溢れ出て止まらない。

全身が強《こわ》ばった。

私の身を襲う波のような快感が、ひときわ強く押し上げたと思ったら、ぎゅっと腹の奥で熱が集まって「あっ、あ、あっ」と私に断続的な声を上げさせる。

熱い。上手く息ができない。がくがくと腰と言わず足と言わず全身が震えて、息もできなくなる。

身体が強ばって苦しいのに、同じかそれ以上に淫猥《いんわい》な法悦がお腹の中で暴れ回る。

そして……凝縮し続けていた熱が限界を超えて、一気に膨らみ弾けた。

「あ、あ、ああっ‼」

高い声の後に、すすり泣くような声が零れ出た。

大きく腰が跳ね上がり、私の中から噴き出したものでオルベウスの手もシーツもしたたるほどに濡らしてしまう。

濃い、発情した女の匂いをまき散らすそれは彼の手首を伝って、つうっと肘まで滑り落ちていく。

「あ、あ……」

己の身を襲った衝撃に呆然としながら、知らぬうちぽろぽろと溢れた涙が、こめかみへと吸い込まれていった。

まだびくびくと小さく跳ねて波打つ腰をオルベウスが掴んだのはその時だ。

「あ、や、だめ、今は触らないで……」

身もだえしながらも咄嗟に私は訴えたけれど、彼はお構いなしに大きな手で私の肌に触れ、撫でさすり、大きく上下して震える乳房を掴んだ。

そして唾液と汗で濡れ光る乳首を乳房と一緒にこね回しては、絞り上げるようにくびりだして吸い付く。

彼がチロチロと舌先を動かすたび、私は蛇のように身をくねらせて腹の内側を妖しくざわめかせた。

「締まったな……もっと深いところを触ってほしいか？」

彼の片方の手指はまだ私の中に潜り込んだままだ。

焦らすように浅い場所を擽る彼の指に膣襞が切なげに絡みついては、痛いくらい蠢くのが切なくて、もはやどうしたらいいか判らない。

こんなの嘘《うそ》だ。

初めてなのに。

何もかも、全てが初めてなのに、こんなに乱されるなんて聞いてない。

なのにまだ何かが足りない、もっと決定的なものを寄越せと私の身体が訴える。

きっと今この時、その足りないものを与えられて行き着くところまで辿り着くことができるなら、私は淑女の体裁や仮面をうち捨てるだろう。

「自分で足を開きなさい。まだだ。そう……」

実際、彼の言葉の通りに、言われるまま自ら両足を開いた。

もっと、もっとと命じる彼の言葉に応じながら、これ以上は無理というほど限界まで。

強すぎる刺激が怖いのに、とんでもなくふしだらなことを要求されているはずなのに、抗《あらが》えない。

今や彼の声も身体も表情や仕草も、オルベウスの存在全てが私を狂わせる甘い毒のようだった。

ああ、もう何でもいいから早く楽になりたい。

お願いだから、早く楽にして……私の中の足りないところを埋めてと懇願するようにオルベウスへ目を向けた時だった。

ふと、思った。

私へと向けられる彼の情欲に染まった赤い瞳。

そう言えばこの人と会った時、一番気になったのはこの瞳だったのだ。

……この瞳……どこかで見たことがあったかしら、と。

だけど赤い瞳の持ち主なんてそう多くはない。

これほど印象深い男性なら、もしそれ以前に顔を合わせていればまず忘れることはない。

私とオルベウスが顔を合わせるのは今回が初めてのはず。

それなのに……

「どうした？　何を考えている？」

ふいに顔を覗き込まれるように問われた。

「……陛下の瞳を……どこかで見たような気がして……」

私の呟きに一瞬オルベウスが目を見開き、そして妖しく細めた。

「いい口説き文句だな」

「く、口説いてなんて……あっ！」

ずるり、と胎内を探っていた指が抜き取られたと思ったら、大きく開いた両足を抱え込まれてしまう。

まるで寝台の上で押さえつけ、一切の抵抗を封じるように。

　彼がその両足の間に身体を落ち着けたところで、その先を想像した私はごくりと喉を鳴らすと緊張でまた身を強ばらせてしまった。

　そんな私の反応にオルベウスは笑い、そして頬を撫でてくる。

　その手があまりにも温かく、そして優しくて、ほんの少し身体の強ばりがほどける。

　意識して深く呼吸を繰り返した。

「挿《い》れるぞ。できるだけ身体の力を抜いて……そう。怖かったら目を閉じてもいい」

　小さく肯《うなず》いて素直に目を閉じた。

　直後、私の陰唇の間を、熱くぬめる固い何かが体温を馴染《なじ》ませるようにゆっくりと擦り合わされ、そして入り口へとピタリと宛《あて》がうと浅く食い込んできた。

「あ、あ、あぁ……っ」

　彼の腕に縋り付いた指先が滑る。

　一呼吸の間の後、ぐっ、とそれが入り口をくぐり、奥へと沈んでくる。

　丹念に解されてもまだ固さを残すその場所に容赦なくずぶずぶと押し入られて、引き攣《つ》れるような痛みに声が詰まった。

　思わず爪を立ててしまって彼の肌に爪痕を残してしまうけれど、気にしている余裕がない。

「いっ……痛っ……！」

　初めては痛い、って聞いていたけれど、つい少し前までの愛撫で正気を奪われるくらい強い快感に溺れていたから、本当に痛いのかしらって少し疑ってしまった。

でも本当に痛い、壊れそうなくらい。

互いの身体から噴き出した汗で、さらに肌が滑る。

もがくようにシーツを握りしめるその手にオルベウスの手が重なる。

知らぬうち涙の膜が張った目を向けると、彼は苦痛で深い皺《しわ》を刻んでしまう私の眉間に口づけ、額に口づけ、目尻に口づけ、そして最後に唇に口づけて、痛みで汗が冷えた私の身体を温めるように優しく背を擦りながら力を抜くように促した。

「大丈夫だ、壊れやしない。落ち着いて息をして……良い子だ」

良い子だ、なんて……そんな言葉、子どもの頃にもかけてもらった覚えがないわ。

そう思うと、苦痛で歪《ゆが》んでいた唇から少しだけ力が抜けるのが判る。

まるで子ども扱いされているようなのに、どうしてとてつもなく甘い言葉に聞こえてしまうのだろう。

広げられた太腿がブルブルと震えている。

中程までを熱い灼熱《しゃくねつ》の杭《くい》で貫かれている場所は、やっぱりひどい痛みに襲われていて、もう止めて、抜いてくれと泣いてしまいそう。

でも繰り返し口づけられて宥められると、なんとなく我慢できるような気がしてくるから不思議だ。

「……陛下」

私は自然と両手を彼の首に回し、その逞しい身体に抱きついていた。

そんな私をオルベウスも両腕でしっかりと抱え込み、そして呼吸に合わせて最奥めざして残りを一息に進めてくる。

「んんっ！」

私たちの腰がピタリと重なり合った後、オルベウスはすぐには動こうとはしなかった。

痛みで再び硬直する私の身体の力が抜ける時を待つように抱きしめ、背を擦り、ゆっくりと身体全体を揺らす……ゆりかごを揺らすように、優しく。

どれほどの間、彼に縋り付いたままそうしていただろう。

じくじくとした痛みはまだ残っていたけれど、呼吸が少しずつ落ち着いて、やっと強ばりがほどけてきた頃を見計らうように、オルベウスが動き出した。

「んっ、痛っ……」

「ゆっくりやる。少しだけ我慢できるか？」

言葉通り、彼は本当にゆっくり動いてくれた。

私の中を怯えさせないように、馴染ませるように、労《いたわ》るように。

どんなに優しく動かれても、開いたばかりの傷口を擦るような行為はどうしたって痛みを生むけれど、乙女を失ったばかりの慣れない身体を気遣うようなゆっくりとした動きは、思ったほど苦痛を長引かせることはない。

「ん、あ、あぁ……」

根気よく身を揺らしているうち、私の声の中に苦痛を堪えるものとは違う響きが混じってきたことに彼はすぐに気付いたようだ。

それに合わせて私の胎内が先ほどよりも柔らかくほぐれ、彼自身を受け入れ始める。

徐々にオルベウスは動く速度を上げていく。

でも決して乱暴に不慣れな最奥を突き上げる真似はしない。

強引だった始まりとは裏腹に、彼はあくまでも優しく私を抱いた。

「は、あぁ、は、ん、あっ、あ、あっ……」

とん、とんと穏やかな抜き差しと共に、優しく子宮の入り口を叩かれる。

お腹の中をいっぱいに満たす彼自身の存在にはち切れてしまいそうなのに、奥を突かれ、隙間なく膣道を擦り立てられると、そのたびに奇妙な小さな熱が弾けるような刺激が広がっていく。

「あ、あっ、ん、あ、あぁ、あん」

それに合わせて私の声も、どんどん甘くなっていった。

ぱちぱち、ぱちぱちと身体の奥で火花が散るみたい。

熱い。

いくつも重なって弾けるその熱い愉悦が、痛覚を別の感覚に上書きしていくようだ。

私を揺らす彼の動きに合わせるように喘いだ。

「痛くはないか？」

「……少しだけ……でも……」

言い淀《よど》むその先を聞かずとも彼はちゃんと判っているだろう。

何しろ私が身を震わせるたびに、そこがきゅっと狭まって、彼自身に口づけるようにねっとりと締め上げるのだから。

オルベウスが上体を起こしたのはその後だ。

大きく広い胸が遠ざかり、ついどうしてと問うような視線を向けてしまうものの、けれどすぐにそんなことを気にしていられなくなった。

直後……腰骨を押さえながら、ずん、と今までにない強さで最奥を抉《えぐ》られたからだ。

「あっ！」

優しい快楽に馴染んでいた私の身体は、重く強い刺激を前になすすべがなかった。

一瞬目の前で星が散る。

目を瞬かせる暇もなく、続けざまに強い突き上げに襲われて目を白黒させた。

かと思えば次は優しく内壁を擦るような緩急をつけた抽送に、二度三度と胴震いを起こしながら、私は身もだえした。

少し前まで内側で小さく弾けていたいくつもの熱が、すさまじい勢いで一つに固まる。

最初に弾けた時よりも、もっと強く大きく。

そして、固まったそれが膨張するようにぐんぐん大きく膨らみ、限界まで到達した途端にぱあんと大きく弾けた。

「あ、あ、や、何、ああ、ああぁあっ‼」

高い悲鳴のような嬌声《きょうせい》を上げて腰を跳ね上げ、弓なりに背を反らす私の中で、熱い飛沫《しぶき》が注がれたのはその時だ。

「く……」

かすかなうめき声に似たオルベウスの感じ入った声と共に、深いところで叩き付けられたそれは最後の一滴まで女の胎内に注ぎ込まれる。

その、熱い流れにすら私は小さく跳ねた。

幾度も跳ねて、小刻みに震えて……頭のてっぺんから手足の先まで、じんと広がる快感の波が余韻を残して少しずつ落ち着きを取り戻した頃には、もう指一本動かすこともできない。

腰が重くてだるい。

関節が強ばっているし、何より疲れた。

朝から続いた婚礼の儀式と宴会、不慣れな行為による緊張と疲労で、もうこれ以上は起きていられない。

存分に欲望を吐き出して満足したのか、彼が身を引きながら私から抜け出ていく。

「……あぁ……」

その摩擦にさえも感じ入ったように吐息を漏らしてしまう自分が恥ずかしい。

せめて汗と涙と具体的に口には出せないもろもろのもので汚れた身体を清めたい。

でも今はもう無理みたい。

ゆっくりと瞼《まぶた》が落ちていく私に、オルベウスは口づけを一つ落とすと囁いた。

「今は眠りなさい。この続きと話はまたおいおいと、だな」

話はともかく続きって何なの。

まだこの行為に続きがあるの？

尋ねたかったけれど、もう言葉にはならず、私の意識は泥に沈むように眠りの世界に落ちた。

こうして私は、その名をヴァルネッサの王家の系図に記されることとなったのだった。

……というわけで、シャリテを身代わりに嫁がせたはずなのに、なぜ結局私がオルベウス王と結婚したのかを説明するためには、時を遡らなくてはならない。

それはシャリテをヴァルネッサに送り出して半月ほどがすぎた時のことだ。

そろそろシャリテもヴァルネッサに少しは馴染んできたかしら。

私もしばらく田舎に引っ込まなくちゃね、と隠居の準備をしていた時にオルベウス王から親書が届いたのだ。

ゼクセン王国第一王女アステア宛に。

『我が麗しきアステア王女へ』

そんな出だしから始まったオルベウス王直筆の親書に私が嫌な汗を滲ませたとしても当然のことでしょう？

だってヴァルネッサ王であるオルベウスはアステアの名を持つ王女が今もゼクセンにいることを知っている。つまりヴァルネッサへ嫁がせたシャリテが身代わりだと気付いているのだ。

じゃあ今シャリテはどうなっているの。

ゼクセンからヴァルネッサまで馬で移動して約一週間。

折り返して二週間……シャリテを乗せた馬車はもっと移動に時間がかかったでしょうから、二週間で私の手元にオルベウスから手紙が届いたということは、多分到着したその瞬間にバレて、即座に王がしたためた手紙が早馬で届けられた、っていう計算になる。

これはもう最初からこちらの思惑がヴァルネッサに漏れていたか、シャリテがよっぽどの下手を打ったとしか思えない。

手紙にはこう書いてあった。

『日に余裕がないため、急ぎヴァルネッサまでお越し願いたい。なおあなたの大切な妹君はこちらで丁重に保護している』

　こちらを責めるでもなく、シャリテの身まで保護してくれて、一見穏やかな内容に見えるけれど実はそうじゃない。

　いくら私でもこの文面をそのまま信じるほどおめでたくはないわ。

　ここで選択を誤ればそれこそ深刻な国際問題になる。

　元々ゼクセンとヴァルネッサは隣り合う国同士とはいえ、その仲は決してよろしいとは言えない。

　一番大きな原因は、両国の間に横たわる金鉱山の存在だ。

　この鉱山に大量の金が眠っていると判明したのは、三十年ほど前。

　通常その所有権は山がどちらの国土に属するかで判断されるのだけれど、運が悪いことにその鉱山は互いの土地に跨がって存在していた。

　ちょうど二つの国境を、山から流れる川を目印に敷いたことが原因だ。

　とはいえその国境を定めたのは数代前の王様達で、その時には金が埋蔵している山だなんて知らなかったんだから仕方ない。

　もし最初から知っていたらもっと早くから血で血を洗う争いになっていたわね。

　そんなわけで山を細長く縦に割った東側がゼクセン、西側がヴァルネッサと建前上はなっているのだけれど、いざ金が産出されると互いに目の色を変えて所有権の主張合戦が始まった。

その他にも南に広がる海域の領海問題や、税関、川の水利権に貿易問題などなど、争いは他の問題にまで飛び火し、常に頭の痛い問題として両国の間に横たわっている。

とはいえこれまでただいがみ合ってきたわけではない。

一応穏便に解決すべく、主にヴァルネッサの方からたびたび折衷案が提示されてきた。

けれどその全てを蹴飛ばしてきたのはお父様だ。

なぜならお父様は隣国が大嫌いだから。

「まるでこちらが譲ってやっているのだから、そちらも譲れと言わんばかりの偉そうな態度が気に入らん。本気で纏める気があるなら王自らが訪れて頭を下げるくらいのことはすべきだろう」

と言うのがお父様の主張。

でもまあ、それはあくまでも建前で、本音はまた違うところにあるそうだ。

その理由を私に教えてくれたのはお兄様だった。

「現在ヴァルネッサはオルベウス陛下に代替わりしているが、その父親である前王と父上は年齢が近いこともあり、子どもの頃から随分比較されて悔しい思いをしてきたらしい」

曰《いわ》く、オルベウス陛下の父王もなかなかにやり手の有能な人物だったらしくて、お父様は過去に幾度もヴァルネッサの前王に後れを取っては屈辱を味わってきたそうだ。

確かに過去の出来事を辿ってみても、ヴァルネッサとの間に結ばれたいくつかの条約はゼクセンに不利な内容のものが多いし、互いの国を行き来する輸出入物のリストや税率もあちらの国に対して有利だと言わざるをえない。

両国の交渉能力や判断力に明確な差があることが窺える。

過去には幾度か小競り合い程度の戦もあったけれど、それもゼクセンが勝利したことはない。

そして負ける度にいつも何かしら権利を奪われたり、賠償金を請求されたりと煮え湯を呑《の》まされるばかりの歴史である。

それでもお父様は頑として金鉱山の所有権放棄だけはしなかった。

ここまでくると殆ど意地ね。

とはいえ、現在は明確に敵対しているわけではない。

一応は隣人として必要最低限のお付き合いはしましょう、と和平協定が結ばれている。

最後に小競り合いがあったのは十年ほども前のことで、以来表向き両国の間で大きな争いは起こっていない。

ただやっぱり、散々痛い思いをさせられたお父様からすれば、簡単に過去のこととして水に流せるわけもなく、ヴァルネッサは敵国。

前王が崩御して息子のオルベウス陛下に代替わりしても未《いま》だに根に持っている、というわけである。

それでも今回ヴァルネッサ王からゼクセン王女への求婚を退けることができなかったのは、

あちらから結婚の条件として長く問題としていた金鉱山の権利を、全てゼクセンへ譲るという申し出があったからだ。

あちらにどのような意図があるかは判らないにせよ、その申し出はゼクセンにとっては願ってもないものである。

何しろどちらもが金鉱山は自分のものだと主張していたために、肝心の採掘が遅々として進んでいない。

その問題が穏便に解決するのだ。

その上王女は正式にヴァルネッサ王妃に望まれている。

ヴァルネッサからの申し入れとあって、ゼクセンの面子も立つ。

当然臣下達はこの結婚に賛成多数だったし、断る理由を探す方が難しい。

だけどお父様はやっぱりごねた。

頭では悪くない……いえ、これ以上にない良い話だと判っていても、目の前に差し出された餌に食いつくような真似はプライドが許さないのだろう。

国の利益を取るか、王のプライドを取るかで揺れていたお父様に、

「ではシャリテを代わりに嫁がせるのはどうです？」

という私の提案が天啓のように感じたのだと思う。

お父様は本当にそんなにあっさり認めて良いのかと思うくらい簡単に身代わりを認めた。

たとえバレたとしても、既に婚姻を済ませていては後の祭り。

王の血を引く娘には違いない、そんな娘に手を付けておいて突き返そうとするとはなんと不誠実な王だと突っぱね、オルベウス王に吠《ほ》え面《づら》をかかせて溜飲《りゅういん》を下げるつもりだったのだろうと思う。

まあ、この場合不誠実なのは騙《だま》し討《う》ちしたこちらの方だけれど。

そんなわけで、目的は違えど、私の代わりにシャリテを嫁がせるという点においては、お父様と私の利害は一致していた。

もちろんシャリテを変態伯爵に嫁がせるつもりだったお母様は大反対。

けれど、この件に関しては珍しく決して譲らない強固な王の姿勢に、お母様も渋々認めざるを得なかった。

でも結果として身代わりは婚姻の前に露見してしまった。

当然、オルベウス王にはまだシャリテに対して何の責任もなく、既成事実もない。

逆に今、立場が危ういのはゼクセンの方だ。

それを踏まえて考えると、わざわざ私宛に届いたこの手紙の裏に隠された言葉が透けて見える。

意訳すると多分こう。

『妹は預かった。無事に解放してほしければ婚礼に間に合うように、さっさと来い。さもなくば妹の身の安全は保証できないし、重大な国際問題となることを覚悟せよ』

ああ、これ、絶対断れないやつよ。

私の頭の中に牢獄《ろうごく》に閉じ込められた囚《とら》われのシャリテと、彼女を処刑台に送りながら大口で笑う非道な王の姿が童話のようなイラストで浮かんだわよね。

処刑されてしまっては自由を得るどころの話ではない。

暢気に空想に浸っている暇はなかった。オルベウスが指定した日まであと十日もない。

今日明日にでも急いでここを出ないと間に合わない。

もちろんのんびり優雅に馬車で移動しているような余裕もない。

さすがに自分の計画のせいでシャリテを処刑されるわけにはいかないし、無関係な民を戦禍に巻き込むわけにもいかない。

私にこの手紙を無視する、という選択肢は存在しなかった。

「それにしてもどうしてこんなに早くバレたのかしら。絵姿くらいでは私とシャリテの区別なんてつけられないはずなのに」

そんなにシャリテは大きな失敗をしてしまったのかしら。

眉間に深い皺を寄せる私の後ろで静かに溜息を吐いたのは、私の侍女のベラだった。

「お言葉ですが姫様。日頃から海千山千の宮廷貴族に揉まれていらっしゃるアステア様ならばまだしも、城の片隅で息を潜めてお過ごしになっていたシャリテ様に人を……それも隣国の王を騙し続ける胆力がおありだとお思いですか?」

ベラの指摘に、うぐっと声を詰まらせた。

確かに、シャリテは育った環境の悪さゆえにいささか自己肯定感が低く、良く言えば善良、悪く言えば気弱な性格の子である。

大陸でもその即位の日から百戦錬磨のやり手だと名を轟《とどろ》かせている若き王を相手に、己を偽るなんて無理難題だったのかもしれない。

「でもこれからの自分の人生がかかっているのよ。多少は無理をしても頑張ろうと思わない?」

「そこで一国の王を頑張って騙し続けよう、と腹を括れる女性は大変限られているかと思われます。普通は恐れ多くて顔を上げることもできません。少なくとも私は、そのような女性にはたった一人しか心当たりがございません」

じっとベラの視線が私を見つめる。

つまりはそのたった一人があなただ、と言いたいらしい。

うーむ、ベラは私をどういう人間だと思っているのかしら。

良く言えば度胸ある、悪く言えば空気を読まない王女ってこと?

……まあ、今大切なのはそんなことじゃないわ。

そう思ったタイミングで私の元へお父様の侍従がやってきた。

「アステア様、陛下がお呼びでいらっしゃいます」

呼び出される理由は改めて説明されるまでもない。

ヴァルネッサからの親書は私だけでなくお父様の元にも届いていて、そちらはもう少し強い口調での抗議に近い要求が書き記されているだろう。

それはそうよ。

国と国との約束でまとまった縁談なのに、別人が送られてきたのだもの。

ヴァルネッサからすれば、

「我が国を愚弄しているのか！」

ということになるわ。

呼び出しに応じて出向くと、私の顔を見るなりお父様は声を荒げて詰問してきた。

「どうするつもりだ、アステア！」

「どうするつもり、と申されましても」

それを考えるのは王であるあなたでしょう、と言いたくなる言葉をぐっと呑《の》み込んだ。

今そんなことを言っても何の意味もない。

それに私としてはオルベウス王の意図を考えないわけにはいかない。

お父様宛に届いた親書を確認すると、その差出人はヴァルネッサの宰相からだった。

私には王の直筆と印章の押された手紙が届いて、お父様の元へは宰相の代筆。

今回の主導権を握っているのはお父様ではなく私だ、と見抜いているみたい。

ヴァルネッサにはよほど腕の良い間者がいて、我が城に潜り込んでいるようね。

ほう、と息を吐きながら私は答えた。

「こうなってしまっては、私が行くしかありませんわ。あちらが身代わりだと見抜いている以上、おそらくこれは最終通告です。無視すれば手痛い報復を受けるばかりか、約束するに値しない国と大陸中の国々から信用を失うでしょう」

言い出したのは私だろうによく言うわと我ながら思うけれど、それはそれ、これはこれ。

確かに提案したのは私だけど、それを認めて実行したのはお父様なのだから、これは王の責任なのよ。

「だがお前をヴァルネッサに渡すなど……！」

この期に及んで何を言っているのかと溜息が出そうになるのを寸前で堪えた。

大体バレた時にはどうするか、なんてことは父の立場なら最初から考えた上で受け入れるべきだったのに。

……まあこれも、私が言えた義理ではないわね。

「経緯や思惑はどうであれ、我が国とヴァルネッサが婚姻の契約を交わしたのは事実です。致し方ありませんわ」

「それもこれも、あの娘がうまくやらないからだろう！」

「お父様。すぎたことを言っても仕方がありません。ヴァルネッサにいるシャリテを罰するわけにもいかないでしょう？　どうやらオルベウス王は思いのほか私にご執心のようですし、急いで支度をして、明日には城を出ます」

「だが、アステア」

「なんとか穏便に収めていただけるよう尽力いたしますわ。では準備がありますので失礼いたします」

本当に予定外だわ。もし私がヴァルネッサに向かうことがあるとしたらそれは、シャリテが無事に王妃の座に納まり、全てが明るみに出た後。オルベウス王に愛されて幸せに暮らす妹を祝福する時、という流れだったはずなのよ。

「……でも、まあいいか」

期待と違う結果にはなってしまったけれど、一番の目的はシャリテを両親の手の届かない場所へ逃がすこと。そういう意味では最低限の目標はクリアしている。

後はどうやって穏便に容赦してもらうかだけど、それを今あれこれと考えていてもやっぱり仕方ない。

そのまま部屋へと戻った私は、すぐさまベラに命じた。

「ヴァルネッサへ行くわ。皆で急いで支度をしてちょうだい」

幸か不幸かちょうど田舎に引っ込むつもりでいたので、既に荷物はある程度まとまっている。

さて、この後どんな話になるのだろう。

既にヴァルネッサ国王とゼクセン王女の婚礼の日取りは決まり、他国から賓客も訪れている頃合いだ。

ヴァルネッサもゼクセンも、もう破談にはできない。

問題は、花嫁が誰になるのか、だ。

そのままやっぱりシャリテが嫁ぐのか、あるいは当初の約束通り私が嫁ぐのか。

今のオルベウス王はどちらでも選べる。

でもこの時の私はそれほど恐れていなかった。

開き直っていると言えば聞こえは悪いけれど、元々自分にとって都合の悪いことは綺麗に忘れるか、なるべく考えない主義である。

考えが足りない、と言われることもあるし、肝が据わっていると言われることもあるけれど、考えても答えが出ないことならば行動に移すだけ。

それが私、ゼクセン王国第一王女、アステア・フォルテア・ゼクセンという姫君なのだった。

そうして私は移動先を田舎からヴァルネッサへ変更して、信頼する侍女ベラと、護衛の騎士、そして外交官を二人という最低限の供を連れてゼクセンを発《た》った。

道中私が考えていたのは、シャリテとの過去だ。

かたや正式な王女、かたや日陰の身である王の庶子。

そんな立場だから、私たちは幼い頃から共に育ってきたわけじゃない。

でも、シャリテとその母の存在は、随分幼い頃から知っていた。

だって二人の元に月に数度、お父様が人目を忍ぶようにこっそりと通っていたから。

実際のところ、お父様が会いに行っていたのは二人というよりも、シャリテの母親、つまりは王の愛妾の元だったのだろう。

その愛妾がある程度身分のある家の娘だったら、きっとシャリテはここまで冷遇されてはいなかったし、少なくとも王女として最低限の生活は保障されていたと思う。

けれどシャリテの母は城の下働きに従事する、何の力もない平民の娘だった。

「可哀想に……平民にしておくにはもったいないくらいの器量よしだったから、陛下のお目に留まってしまって」

「あら、でも陛下のお手つきになって子を産んだのだから、将来は安泰でしょう？　可哀想なんて同情が必要かしら」

「何を言っているの。そのせいで王妃様の怒りを買ったのよ。そして陛下は王妃様に頭が上がらないのだもの、王妃様は母親もその子も決してお認めになろうとはしないでしょう」

ヒソヒソと話す侍女の噂話を聞いた。

全て事実だった。

シャリテの母にとって不幸だったのはその容姿が男心を誘う愛らしい美貌の持ち主であったことと、そんな彼女に王の目が留《と》まってしまったこと。

当時お母様は私を身籠もっていて、夫への監視が甘くなっていたことも運が悪かった。

なんの力もない下働きの娘が王に求められて抵抗できるわけもなく、シャリテの母は「どうかお許しください」と泣きながら慈悲を願って、けれど聞き入れられることなく半ば騎士に引き立てられるように王の寝室に放り込まれたそうだ。

そしてお母様に遅れることおよそ半年後、彼女もまた王の子を身籠もり、月満ちて女の子を産み落とした。それがシャリテだ。

私たちの容姿が似ているのは、私たちがお父様に似ているということでもある。

シャリテは間違いなく王の子であり、本来ならばたとえ庶子であれ王女として認められ、それに相応しい生活が保障されてしかるべきはずの娘だった。

だけどお父様は生まれた子を娘とは認めなかったし、王女として扱うこともなかった。

シャリテの母にそれ相応の生活や立場を与えることもしなかった。

あくまでも愛妾は城に勤める下女で、シャリテはその娘、という位置づけだったのだ。

たとえ周りにいる殆ど全ての者が真実を知っていたとしても。

やっぱり、王妃である母の怒りを恐れたからである。

シャリテの存在を知って、私は止める兄の手を振りほどきこっそりと妹の姿を見に行った。

そしてそこで目にした光景に驚いた。

「ねえ、お兄様。あの子は小さいのに、どうしてあんなにたくさん働いているの？」

自分と半年ほどしか変わらない年頃のシャリテは、その時からもう彼女の母と共に働いていて、籠いっぱいの洗濯物を相手に労働に従事していた。

後から追ってきていたお兄様に尋ねると、お兄様はばつの悪そうな顔をして言い淀む。

「それは……」

「あの子は私たちの妹なのでしょう？　私とよく似ているわ」

「……アステア、それを母上の前では絶対に言うな」

「どうして？　なぜ駄目なの？」

当時の私はまだ十にならぬ幼い子どもで、大人の事情なんて判らない。

だけど目の前の女の子と自分とが全く違う扱いをされていることくらいは判る。

もし私があんなことをしていれば、周囲の大人たちの誰かがすぐに助けてくれるだろう。

そもそも、誰も私を洗濯物に触らせたりしない。

なのにあの少女の周りにいる人々は誰もが見て見ぬフリをしている。

それでもシャリテは笑っていた……すぐ傍《かたわ》らで彼女の母親が、娘の様子を気にしながら寄り添っていたからだ。

仕事は辛くても、優しい母親と一緒にいられるのは嬉しいのだろう。

共に仕事をこなす母子の姿は、ただそこだけを見るならば平和な光景の一つだった。

「……一緒に遊ぼうって誘うのも駄目？」

「駄目だ。お前はあの二人に近づくな」

「どうして？　だって妹なのに」

「駄目だ。……母上がお怒りになる。たとえ父上の娘であっても、私たちとあの娘は同じ立場ではないのだ」

何が違うのか、この時の私は理解できなかった。

だから、この場では判ったと頷《うなず》きながら、隠れてこっそり遊びに誘おうと思っていた。

でも部屋を抜け出して、昼間見かけた場所へ行っても小さな女の子の姿はなく、探し回っているうちに、その光景に出くわしたのである。

「この泥棒猫が！　たいしたこともできないくせに男を誘うことだけは一人前ね！　お前の娘だっていずれ男を誘うふしだらな女になるのだわ！」

洗濯場の裏手にある、倉庫の影だった。

甲高い神経質な声を上げて、あの母子を馬術用の鞭《むち》で打擲《ちょうちゃく》しているのは、他の誰でもない私のお母様で。

本来、このような場に足を運ぶことなど決してない、国の女性の中でもっとも高い身分の王妃が、見たことがないほど怖い顔をして無抵抗の相手に口汚く罵り、手を上げている。

「お許しください……王妃様、どうか、娘だけはお許しください……！」

娘の身を庇《かば》うように、シャリテの母親が小さな我が子の身体を必死に抱え込みながら、幾度も許しの言葉を王妃に向けて繰り返している姿は異常にしか見えなかった。

お母様を止めなくてはと頭では判っていた。

でも別人のようなその姿にすっかり怯えてしまった私は、逃げ帰った自室の寝台の中で震えることしかできなかった。

しばらくして私の様子を見に来たのはお兄様だ。

辿々《たどたど》しい私の説明から、何があったかを全て理解したらしい。

「だから言っただろう、近づくなと。父上があの下女の元へ通った翌日はいつもこうだ」

淡々としたその口調はまるで他人事みたいだったけど、その声に僅かに滲んだ嫌悪感からお兄様もこの状況が正しいことではないと感じてはいたみたい。

「……お母様はどうしてお父様の方を責めないの？」

「そこが女の面倒なところだ。不義を働く夫より、夫を寝取った女の方が憎いらしい」

「……でも、自分のせいであの二人がお母様にぶたれることはお父様も知っているのでしょう？　どうしてお父様もお母様を止めないの？」

自分より立場の弱い者を守りなさい。

それは身分ある者としての義務です、と私は乳母から教わっていた。

でも両親の行いは乳母の教えに背く。

私の問いに、お兄様は緩く首を横に振ると諦めた口調でこう言った。

「……余計なことは考えなくていい。私が言えることは、お前は関わるな、それだけだ」

シャリテの母が倒れたのは、それから数ヶ月後のことだ。

季節の変わり目に質《たち》の悪い風邪を引いてしまったのだ。

元々心労も多かっただろうし、見るからに華奢な人だったから体力も落ちていたのかもしれない。

あれから私は時々二人の様子を見に行っていたから知っていた。

シャリテの母が寝込んでしまったこと。

幼い娘が懸命に母の世話をしながら、陰では一人不安と心配、そして恐怖で泣いていたこと。

そして……日に日に衰えていく愛妾の姿に気持ちが冷めたのか、以来お父様の訪れはピタリとなくなり、でもお母様は何度か訪れては弱ったシャリテの母に罵声を浴びせていたことを。

正直に言えば、成長した今ならお母様の気持ちは判らなくもない。

どんな理由であれ夫と関係を持ち、子どもまで産み落とした女を、お母様は許せなかった。

たとえそれが自分には敵対することも、逆らうこともできないくらいに立場の弱い女だと判っていても。

それでも、人として破ってはいけない境界線があると私は思う。

「いい気味だわ、天罰が下ったのよ。そのまま、惨めに苦しんで死ねばいい！」

多分私は、枕から頭を上げることもできないくらい弱った人に冷水を浴びせるような、お母様のその言葉を耳にした時に心の中で両親に見えない壁を作ってしまったのだと思う。

城から出ることを禁じられていたシャリテの母は、皮肉にも死してやっと城から出ることを許されたけれど、その葬儀や埋葬に娘が付き添うことは許されなかった。

たった一人残されても、シャリテ自身は城から出してはもらえなかったのである。

おそらくは王の血を引く娘だから、というただそれだけの理由で。

シャリテの母が亡くなってから、私はしばらくシャリテの元には近づかなくなった。

私なりにショックだったし、色々と呑み込むまでに時間が必要だったから。

でもそれから三ヶ月ぶりに盗み見たシャリテは、自分に比べるとビックリするほど小さくて、手足も痩せていて、ひどく沈んだ顔をしていて……かつて母親に甘えていた時の笑顔は消え失《う》せていた。

ただ命じられたことをこなす奴隷のように、黙々と働き続ける彼女の姿に抱いた罪悪感は大きい。

こっそりと他の使用人たちから聞き出せば、お母様はシャリテの母が死んだ後もたびたびやってきては理由もなく彼女を折檻《せっかん》したり、食事を抜いたり、暴言を浴びせたりするのだという。

こんな状況になっても、お父様は相変わらず知らんふりであり、お兄様も関わりを避けている。

きっと周りの皆も気にはしていても表立った手助けはできない。ずっとこのままだ。

お父様もお母様も、そしてお兄様もシャリテがその生涯を終えるまで、何も変わらない。

別に私は正義感に溢れた、聖人君子のような人間ではない。

それどころか我が儘《わまま》で、甘やかされて育った苦労知らずのお姫様だと思う。

弱肉強食万歳、自分の立場も権力も使えるものは遠慮なく使う。

それでも、弱いものいじめだけは大嫌いだった。

そして、目の前に存在している弱いものいじめから目を背ける自分がもっと嫌いだ。

その日、おやつに出た焼き菓子を包み、こっそりあの子の元へ走った。

シャリテがいたのは裏庭だ。洗濯場にほど近いところにある大きなナラの木の下で、彼女と母親がよく寄り添っている姿を見たことがあった。

いつもは少し離れた場所から眺めているだけ。でもこの時は違った。

「食べなさい」

突然現れて目前に菓子を差し出す私の顔を見つめて、シャリテは随分驚いた顔をしていた。

それはそうよ、この時が私たちの初対面だったんだから。

だけどシャリテは一目で私が誰か判ったみたいだ。

「い、いいえ、王女様のお手から直接いただくわけには……」

「いいから食べなさい、どうせろくなものを食べてないのでしょう。あなたの手も足もガリガリよ、見ていられないわ」

菓子をひとつ取り上げて彼女の口の中に強引に入れてやると、やっぱりびっくりさせたみたいだったけれど、シャリテはぎこちなくその菓子を食べた。

「次はもうちょっと栄養になりそうな、お腹にたまるものを持ってきてあげるわ」

「い、いいえ、駄目です、怒られちゃいますから……」

「黙っていればいいの。すぐに食べてしまえばバレないわ。だから、私と会ったことは内緒にするのよ、でないと二度と会いに来られない。判ったわね？」

私の発言から、この次があることを理解したのだろうか。

シャリテはまた口ごもり、それからおずおずと尋ねてくる。

「……お母さんが病気の時……お薬を持ってきてくれたのは、お姫様ですか？」

「えっ」

「お母さんが亡くなる前に教えてくれたんです。天使とそっくりの綺麗な女の子がお薬を持ってきてくれたって。そのおかげで、胸の痛みが大分楽になったって」

「……」

「お母様が天使と呼ぶのは、私でした。だから……私とそっくりの女の子って……」

クッキーをもう一枚口に入れてやると、ほんの少しかじったままシャリテは泣いた。

私にできたことは泣きじゃくる彼女が落ち着くまでそばにいることくらいだった。

だって、何も言えない。

確かに私はシャリテの母の元へ薬を運んだ。でもこっそり持っていったその薬では結局助けられなかったんだから。

……それでも少しでも楽になれていたのならよかった。

泣きながらシャリテは、残りのクッキーを食べた。そして笑った。

「美味しかったです。ありがとうございます」

以来、私は人の目を盗んではシャリテに会いに行き、シャリテも二人きりの時に限っては私を姉と呼ぶようになった。

私たちの交流は秘密裏に行われた。

お母様に知られていいことなど一つもないと判っていたから。

だからお母様の目を誤魔化すため、そしてシャリテを守るために、人前では彼女をいじめた。

自分が率先していじめることで、私たちの関係を誤魔化すことができる上に、お母様の暴力や暴言が緩むことに気付いたからだ。

「大丈夫？　大分手加減したつもりだけど」

シャリテを鞭打《むちう》った日は、決まってこっそりと彼女に薬を届けた。

そんな私の訪れを彼女はいつも喜んで迎え入れる。

心から信頼し、慕っている……そう言わんばかりの笑顔で。

「大丈夫です、ちっとも痛くありませんでしたよ」

「音が派手に鳴ってそれっぽく見えるように、これでも随分練習したんだから！　でも全然痛くないわけないでしょ、無理せずちゃんと言うのよ」

「お姉様ったら」

そうして姉妹としてその絆《きずな》を深めてきたのである。

いつか私が嫁ぐ時には、シャリテも共に連れて行こう。

そして人柄のよい青年を探して嫁がせて独り立ちさせてやろう。

それが私の目標だった。けれどそんな目論見はお母様によってあっけなく狂わされる。

お母様はどうあっても愛妾の娘を幸せにさせたくなかったみたい。

あの変態伯爵に嫁がせる計画を立てていることを知ってからずっと、私は考えていた。

どうすればシャリテを逃してやれる？

お母様を説得するのは絶対無理だ、かといってお父様も頼りにならない。

お兄様は我関せずだし、無理にシャリテを逃亡させればそれこそどんな目に遭うか判らない。

逃げ出すなら容易に連れ戻されることのない場所が必要。

そんな時にオルベウスから私への求婚があったのだ。

話を聞いたその瞬間に私はシャリテを自分の身代わりに嫁がせることを考えた。

さすがに隣国の王の下へ嫁がせれば、お母様だって口出しできない。

また物理的に距離を空けることで、二度と手を出すこともできなくなる。

そういう意味でオルベウス王からの縁談は大変に都合がよかったのだ。

逆を言えばそれが最良だと思ってしまうくらい、私もシャリテも追い詰められていた。

結果的に、目論見はすぐに露見し、私までヴァルネッサへ向かわなくてはならなくなったけれど、それに関しては別に構わない。

こうして私はゼクセンを出て可能な限り急ぎ、ヴァルネッサへと到着したのである。


「我がヴァルネッサへようこそ、アステア姫。あなたの到着を、一日千秋の思いで待ちわびていたぞ」

随分急ぎ足の旅の終着点、ヴァルネッサの王城で私を出迎えた黒髪の男性がオルベウス王その人であるということは、彼を一目見た瞬間に判った。

だって明らかに他の人と違うのよ。

圧倒的なオーラというの？

それともカリスマ？

朗らかな笑顔を浮かべつつも色気のある眼差しは、多分十人中八人はよろめく。

男らしい容貌はもちろんのこと、上等だが華美すぎない落ち着いた装いの上からでもその身体が理想的に鍛え上げられているのが判る。

けれどやっぱり何より目を惹《ひ》いたのは彼の赤い瞳だ。

他にも堂々とした物腰に、徒人《ただびと》とはまるで違う威風堂々とした雰囲気は間違いなく王者のみが持ち得るものだ。

それでいて、どこかピリッとした緊張感もある。

友好的な言動に油断すると、あっという間に皿の上に乗せられて美味しく餌食にされてしまいそう。

「オルベウス陛下でいらっしゃいますね。お初にお目にかかります。ゼクセン王国第一王女、アステアにございます。このたびは我が国の手違いによりご迷惑をおかけしましたこと、心よりお詫《わ》び申し上げます」

「初めて会う、か」

「……なにか？」

「いいや、気にしないでほしい。なに、人間のすることだ。手違いは誰にでもある。まして両国は隣り合わせでありながら、微妙な関係が続いていた。充分に話し合いをしたつもりでいても多少の行き違いは起こりうるだろう」

「お優しいお言葉、安堵《あんど》いたしました。誠にありがとうございます」

王女の仮面を顔に貼り付けながら、こうも明らかなゼクセンの行いを「行き違い」の言葉で片付けるオルベウスの王としての器は、私が想像していたよりもずっと大きいみたい。

それは周囲の様子からもなんとなく判る。

正直、私の訪問はヴァルネッサに歓迎されないだろうと思っていた。

自国の王が謀られたと知れば、愛国心や忠誠心、あるいはその両方を持ち合わせた者にとっては決して看過できないことのはず。当然その怒りは私たちへと向かうだろう。

どれほどの冷遇を受けるのか、居心地のいい日々なんて期待はできない、もしかしたら罪人として囚われるか最悪人質にされて処刑されるかもって思っていた。

でも意外なことに周囲からはそんな感情なんて一つも感じない。

むしろ無事に婚礼前に花嫁が到着して安堵している様子なのが伝わってくる。

「完全に予想外だわ……」

「うん？　今なんと？」

「……いいえ。陛下が思った以上に素敵な方で、つい驚いてしまって」

「それはあなたのお好みに合うということかな？　だとしたら光栄だ」

「私どころか、多くの女性が理想となさるでしょう。いただいた姿絵も素晴らしい物でしたが、実物には敵《かな》わないこともあるのだと実感いたしました」

「それを言うのならば貴国から贈られたあなたの姿絵も同じだ。本人の方が絵よりも遙《はる》かに愛らしく美しい」

「まあ……陛下のお目に適《かな》ったのなら嬉しゅうございます」

心の中では「それはそうよ」と思いながらも、あくまでも上品に微笑みながら、社交辞令にしては少々熱の入った彼の本意を探る。

が、当然ながらオルベウスはその本心など簡単には探らせてくれない。

魅力的な笑みを浮かべたまま彼は私へとその手を差し伸べた。

「まずは部屋に案内しよう。エスコートをお許しいただけるかな？」

「お優しいお心遣い、誠にありがとうございます。是非」

一応は私も年頃の娘であるので、好みの男性に好意的に接してもらえば悪い気はしない。

でもオルベウスの言葉を額面通り受け取ってはいけないことくらい判っているつもりよ。

彼が何を考えているのか少し様子を見た方がいいだろうかと考えながら、私は彼の手に手を重ねると、馴《な》れ馴《な》れしすぎず、かといって他人行儀すぎない距離を保ちながら身を寄せた。

そんなオルベウスの思惑が感じられたのは、このあと私が彼自身に案内された部屋を見てからだったわ。

城の居住区最奥にある王の自室。

私の部屋は廊下を挟んで対となる棟に存在していた。

一般的に王と対になることを許される女性はたった一人だ。

「あの……ここは王妃の部屋のように見受けられますが、よろしいのですか？」

「何を言う。あなたは私の妃、王妃となる女性なのだから当然だろう」

どうやらオルベウスは今のところ私との縁談を破談にするつもりはないみたい。

これまでの一連のことを考えても、なぜか彼が私に執着しているような気がする。

でもどうして？

さりげなく彼の顔を盗み見ると、すぐに私の視線に気付いた彼がこちらを見下ろして、またあの蠱惑《こわく》的な笑みを向けて寄越した。

「…………っ」

思わず何も言えずに言葉を詰まらせた。

せっかくあれこれと心当たりがないか考えているのに、オルベウスの笑みは魔性よ。

彼の赤い瞳に一瞬だけ何か記憶に引っかかるような感覚がしたのに、その魔性の笑みを前に記憶が霧散してしまったじゃない。

容姿の美しさが武器になることは知っていたけど、色気も負けず劣らず凶器になると初めて気付いたわ。

でもあの笑みをそのまま受け止めては駄目だ。

背筋を伸ばし、胸を張って、お返しとばかりに可能な限り気品漂う微笑を浮かべて返した。

「お気遣いをいただき、ありがとうございます。ではありがたく使わせていただきますわ」

「ああ、それがいい」

「陛下の寛大なお心に甘えて、ひとつお尋ねしてもよろしいでしょうか?」

本当はこの城に到着した時点ですぐに尋ねたかったことがある。

「私で答えられることなら、なんなりと」

「ご安心くださいませ、陛下がお答えできないことなどこの国にはございませんわ。……先に到着していた私の妹はどちらでお預かりいただいておりますか?」

この時、オルベウスがスッとその目を細めた理由はなんだろう。

手紙では丁重に預かっていると書いていた。

けれどももし粗末に扱われていても抗議することはできない。

最初に謀ろうとしたのはこちらだから。

笑顔の下で、心臓の鼓動が跳ね上がる。じわりと手の平に汗が滲み、それを誤魔化すように握りしめた時だった。

「その疑問はこの扉を開けばすぐに判るだろう」

私の目前で、王妃の部屋の扉が開かれた。

王妃の名にふさわしく豪華《ごうか》絢爛《けんらん》な調度品が並びながら、同時に女性らしい優美な華やかさと品のよさ、そして細部まで気を配った居心地のよさを保つ見事な室内が目前に広がる。

思わず、ほうと感嘆の溜息が漏れそうになるその部屋の中に、一人の娘がたたずんでいた。

見たところどこにも異常はなく、冷遇されている様子もない。それどころかゼクセンにいた頃より肌つやがよく、顔色もいい。

その姿を目にした途端、私らしくもなく足元から力が抜けそうになった。

どうやら私は、自覚していた以上にその身を案じていたらしい。

「長旅で疲れているだろう。今日のところはこのままゆっくり休んでほしい。今後の予定については明日の朝、担当官を向かわせるのでその者に確認してくれ」

そう告げて、オルベウスは静かに部屋を出て行った。

残されたのは私と、随伴してきた侍女のベラ、そして……シャリテだ。

彼が何を考えているのかはまだ判らないけれど、少なくとも今は細々とした話より先に内輪の時間を与えてくれたことがありがたい。

「お姉様！」

他に人目がなくなった途端、シャリテが駆け寄ってきて私の前に跪《ひざまず》くと深々と頭を下げた。

「申し訳ありませんでした！　お姉様のご命令を遂行することができなかったばかりか、このようにご足労をおかけしてしまうなんて！」

見ればシャリテは青ざめた顔をして小刻みに震えている。

叱責を恐れるような、あるいは己の失態を悔いるような……どちらにせよ、彼女が強い自責の念を抱いているのは見れば判った。

やれやれと腰に手を当てて、溜息を吐いた。

「第一声がそれ？　ほら、早く立ちなさい、まるで私がいじめているみたいじゃないの。もう、仕方ない子ね」

自ら手を掴んで立たせてやれば、シャリテの目にみるみると涙が盛り上がってくる。

苦笑して、私はシャリテを引き寄せるとその身体を腕に抱く。

「あなたが責任を感じる必要はないわ。私の読みが甘かったのよ。オルベウス陛下に会ってすぐに判った。相手が悪かったわ。ねえ、ベラ、あなたもそう思うでしょう」

私に話を振られたベラが、畏《かしこ》まりながらも遠慮のない様子ではっきりと肯いた。

「はい。私もそのように思います。もう一つ付け加えることをお許しいただけるなら、そもそも最初からこの計画には無理があったと思いますが」

「……付け加えることは許していないわよ」

むっ、と眉間に皺を寄せてみせるもベラは意に介すことはない。

私の腹心の侍女は、己の意見をはっきり言うところが気に入っている。

そのベラの言葉は続く。

「むしろ早くに露見してよかったのかもしれません、今ならばまだ過ちを正す機会を得ることができるのですから」

「今となっては結果論でしょう？　オルベウス陛下はきっとシャリテを気に入ると思ったのよ。こんなに健気で可愛い子、私が男だったら絶対シャリテを選んでいるわ」

「お姉様……」

うるうると、腕の中でシャリテが大きな瞳を潤ませて、ぎゅうっと私の背に両腕を回して抱きついてくる。

ほら、ご覧なさい、私の妹は文句なしに可愛いのよ。

ベラが半ば呆《あき》れ掛けた眼差しを向けてくるけれど、事実は事実なのだから仕方ないわ。

でも、と私の腕の中でシャリテが呟くように言葉を続けたのはその時だった。

「お姉様のお言葉は嬉しいですが、やっぱりオルベウス陛下のお相手は私にはとても務まらないと思います。陛下は私との会話に時間を割いてくださいましたが……あの方がお求めなのは可愛らしく夫の寵愛《ちょうあい》を受けるだけの妻ではなく、隣に並び立つ妃のようですから」

それに、とシャリテは一度言葉を切ってから、再び続けた。

「オルベウス陛下は顔を合わせた瞬間に、私を『シャリテ姫』とお呼びになりました。まるで最初から私が身代わりであることをご存じだったみたいに」

そのシャリテの言葉には私もちょっと黙り込んだ。

身代わりの件はもちろんゼクセン内では限られた者しか知らない。

おまけにシャリテの名を知っていて、姫と呼ぶ……それはシャリテの素性も把握していることの証明に他ならない。

ゼクセン城においてシャリテの存在は公然の秘密みたいなものだったけれど、それも王城のごく限られた範囲でのこと。

どうやらゼクセンの内部事情は、オルベウスには筒抜けであると考えた方がいいみたいね。

「まあいいわ、あなたを国から出せただけよしとしましょう」

「……お姉様は本当にオルベウス陛下とご結婚なさるのですか?」

「どうかしら。話してみないことには判らないわ。ひとまずは、明日人を寄越すと言っていたし、あちらの出方を見てから考えましょう」

この時点で、私はまだオルベウスの意図が判らなかった。

王妃の間に案内されたから私と結婚するつもりなのかと思ったけれど、ここにはシャリテも招かれていたので、もしかすると結局はシャリテを妃に選ぶつもりなのかもしれない。

私は契約不履行による賠償か、責任の所在の確認や、権利の譲渡などを要求するつもりで呼び寄せられたという可能性もある。あるいは人質か。

何しろヴァルネッサはゼクセンに恥を掻《か》かされたようなものなのだから、何を求められても不思議はない。

それでも、あの王は私たち姉妹に対してそれほど苛烈な制裁は加えないのではないか、と何の根拠もなく思えたのは彼が私に向けた瞳に、怒りや侮蔑はなかったからだ。

ええ、のぼせそうなほどの色気はありましたけどね。

話くらいは聞いてくれるだろう。

その際にできる限りの温情を乞うしかないかと、私は私なりに腹を括っていたつもりなのだけれど。

残念ながら私の目論見は外れた。

それから婚礼の当日まで、オルベウスと会話の場を持つ機会は得られなかった。

なぜなら翌日訪れた担当官。

いわゆる儀礼官がもたらしたスケジュールが私の時間を食い潰し、質問や反論する暇さえ与えられないまま目が回るような忙しさに襲われたからだ。

全てはヴァルネッサ国王とゼクセン王女の婚礼の儀に向けて、怒濤《どとう》の日々が過ぎていったのである。

そうして婚礼は夕べ無事、全ての儀式を終えた。

ヴァルネッサ国王、オルベウスが妃としたのはこの私だったのだ。

第二章　陛下の寵愛が重すぎる

結局、私がオルベウスとゆっくり会話する機会に恵まれたのは、婚礼の後……つまりは初夜を迎えた翌日のことだった。

ゆっくりと言っても、礼儀正しく対面しながらではない。

何しろ慣れない行為で普段使わないような筋肉や関節がひどく痛い。

特に腰から下に上手く力が入らなくて自力で起き上がるにも苦労する有様だったので、大変不本意ながらもオルベウスに支えられての会話となった。

今の私は、寝台の上で、大きなクッションに身を預けながら上体を起こしているオルベウスの胸に背を寄りかからせる格好で、彼に背後から抱えられている。

当たり前のように後ろから彼の手がお腹へと回って、その腕にがっちりと捕まっている様は、それを目撃した画家がタイトルをつけるなら『新婚夫婦の甘やかな朝』だろうか。

でも私がタイトルをつけるなら『囚われの姫君』の一択ね。

「不満そうだな」

頭の後ろから、何がそんなに楽しいのか、笑いを押し殺した声が聞こえてくる。

余裕たっぷりのその声に私は彼から逃げる余力もないまま不承不承答えた。

「不満というよりも、理解が追いついていないだけです」

夕べ散々啼かされたせいか、声が喉に引っかかって少し掠《かす》れている。

んんっ、と何度か咳払《せきばら》いしてもいがらっぽい感覚が抜けなくて眉根を寄せていると、オルベウスがベッドサイドから水の入ったグラスを引き寄せて手渡してくれた。

口に含めば、ほんの少し果汁が混ぜてあるのか、僅かな甘みが喉を優しく滑り降りていく。

「一から説明が必要か？　あなたと私は昨日正式に婚礼の儀を交わし……」

「そういうことではありません。あまりにもここに来てから婚礼までの時間がなさすぎて……」

「それは仕方ない。時間に余裕がなかったのはこちらも同じだ」

言外に誰のせいだ、と問われているようで口を閉じた。

そこを指摘されると分が悪いのは私の方だから。

「多少の行き違いや慌ただしさがあったとはいえ、こうして無事に夫婦となった。よほどのことがなければ、向こう三日は国王夫妻の寝室に問題を持ち込んでくる無粋な者はいないだろう。私たちは少しお互いに話し合う必要があるとは思わないか？」

先に切り出したのは、オルベウスだった。

「さて。まずはそちらの弁明を聞こうか」

弁明、と言われると少し不本意ではあるけれど、やっと得た会話の機会だ。

疲れているし、身体は痛いし、口にはできない場所に今もまだ何か入っているような違和感がある。

その上後ろから抱え込まれているこの姿勢も大いに気になって気が散ってしまいがちではあるものの、話をしないわけにはいかない。

「今からお話しすることは、あくまでも私個人の事情です。ゼクセンの事情とは切り離しておおえいただけますか」

「話の内容によるな」

「そんなことを仰って……陛下はもうある程度ご存じでいらっしゃるのでしょう?」

「さあ、どうかな」

否定はしないのね。嘆息して私は話した。

自分とシャリテの関係、そしてシャリテの立場と国での扱い。

素行の悪い男の元へ強引に嫁がされそうになっていたシャリテを逃すために、今回の縁談を利用しようとしたことを包み隠さず全て。

「では今回のことは、あくまでもあなたが妹姫の身を案じたがゆえのことだと? あなた自身が私との縁談を疎んで、妹姫に押しつけたというわけではないのだな?」

「もちろんです。他に手段があったのなら、身内の恥を他国にさらすような真似はいたしません。オルベウス陛下にはご不快に思われたでしょうが……」

「そうだな。本気で上手くいくと思っていたなら、あまりにも計画がずさんだ。だが間近に迫った危機から逃れるため、他に手段を考えている余裕がなかったというのならば理解できる」

だが、と一言言い置いてオルベウスの言葉は続いた。

「露見した時のことは考えなかったのか？」

「もちろん考えました」

「私が怒り任せに妹姫を処刑したり、ゼクセンに戦を仕掛けたりする危険性は？」

「その可能性は低いと思いました」

「理由を聞いても？」

なんだかオルベウスは随分と楽しそうに聞いてくる。

そんな期待をされても、何も面白いことは言えないのだけれど。

「これは私の私見ですが、陛下が即位なさってからこれまでの僅か五年という短期間で行われたいくつもの政策は、大胆さと同時に根気強く計画を練る慎重さの両方があり、総合的に考えて手がけられた方は大変理性的かつ効率的な人物であると判断しました」

「そのように評価してもらえるとは光栄だ」

「そんな理性的な人物であれば、ゼクセンがこのような手段を取った事情をお考えになるでしょう。その返答如何《いかん》によってはヴァルネッサも取るべき手段が変わってくるはずですから」

だからたとえ身代わりが露見したとしても弁明の機会は必ず与えられるはずだと思っていたし、実際私の予想は外れていなかった。

「それに命じられただけの哀れな娘を責め、戦によって無関係な民を巻き込むことはお望みにならないでしょう？　責任は、我が国の王や当事者である私にお求めになるはず」

「肝心な部分がずさんな割には、そのあたりはしっかりと考えているのか」

どうでもいいけど、あまりずさんと言わないでほしいわ。

一応は発案者として胸に刺さる。

「それで？　あわよくばどうなればいいと思っていた？」

「あなたがシャリテを気に入ってくださったら、と思っていました。陛下も既にご存じの通り、あの子もゼクセン王の血を引く娘には違いありませんから、国と国とを繋ぐという面目は保てたと思います」

「あいにくと、私がゼクセンに縁談を申し入れた理由はそんなことではない」

「ではどのような理由が？　王妃としては確かに教育不足でいささか長い目で見ていただく必要はあると思いますが、妹は努力家ですし、純粋で心優しい娘です。きっと陛下のお心を癒やす一助になれたのではと……」

「アステア」

突然名を呼ばれたこと、それも呼び捨てられたことに思わずドキッと鼓動が跳ねた。

「あなたの見立て通り、私は他愛《たあい》ない悪戯程度なら、大抵のことは笑って受け流せる自信がある。だが、それは私の妃があなたであるならば、という前提があってのことだ」

それは、どういう意味なの？

今回のことは王妃の他愛ない悪戯として目を瞑《つぶ》ってやるけど、もし私が王妃であることを拒絶するならそれ相応の問題になることは覚悟しろという警告？

でも今のオルベウスの発言は、警告というのとは違う気がする。

私に執着しているような……でも私と彼が会ったのはほんの数日前のこと。

彼が執着する理由はないはず。それとも肌を合わせたことで情が生まれたの？

夕べのことを思い出すと自然と頬が熱くなる。

パタパタと手の平で顔に風を送る私に、彼がやや真面目な声で語りかけてきたのはこの時だ。

「そしてもう一つ。それほど妹が大切ならば、もう少し意思を聞いてやりなさい」

「えっ……」

「ここに到着した際、妹姫がどんな顔色で私の前に現れたか、そして露見した時、彼女がなんと言ったかあなたは知らないだろう。全ては自分の責任であり、あなたに責任はない、罰するなら自分だけにしてくれと額《ぬか》づいて、繰り返し訴えていたのだぞ」

ドキッとした。

ときめきとは全く違う、罪悪感で胸を締め付けられる嫌な感覚だ。

「彼女は最悪、殺されても仕方ないという覚悟で我が国の土を踏んでいた。全身を震わせながら真っ青な顔で謝罪を繰り返されては、こちらの頭に上った熱も冷える。そういう意味ではあなたの目論見は正しかったな」

確かにシャリテを逃すことばかりを考えて、本人の気持ちは二の次になっていた。

焦っていた、追い詰められていたと言えば言い訳になるだろうか。

でも……シャリテにそんな死の覚悟までさせていたなんて思っていなかった。

その事実にお腹の底が冷える感覚がする。

脳天気に大丈夫だと考えていた私は無責任だと責められても仕方ない。

「……仰るとおりです。……あの子にも謝罪いたします」

「それがいい。それはそうと、今後シャリテ姫はどうするつもりだ。先ほどの話だと国に帰るという選択肢はないようだし、身を寄せるアテはあるのか？」

そう、問題はこれからだ。

「……もしお許しいただけるなら、私の元で侍女として残したいと思っています」

「その点についてはあなたの望むようにするといい」

色々と予定外のこともあったけれど、結果的には私に都合よく話が進んでいると考えていいのかしら。

一応無事にシャリテを国外に出すことができたし、国に戻さなくてもよい。

その上でこの先も姉妹共にいられるなんて……一度は別れを覚悟したから、許可をもらえて心が浮き立つのを止められない。

オルベウスの話ではシャリテは私の侍女として先にゼクセンに入ったということにしているらしい。

身分ある姫君が輿入《こしい》れの際、身内や信頼する者を国から連れてくることは珍しいことではないから、どうりで今のところ辛く当たってくる者がいないはずだ。

つまりオルベウスは私とシャリテの事情を知った上で穏便に済むように、最初から配慮してくれていたということ。

……正直、ありがたいけれど、なぜ、と思う気持ちが強い。

だってそんなことしても彼には何の得にもならないことなのに……でも今私が告げるべきは彼に対する疑問の言葉ではない。

私はお腹に回った彼の手に手を重ねる。

「……ありがとうございます、何から何まで本当に……感謝します」

「あなたの妹は私にとっても義妹だ。できることがあれば手を貸すくらいのことはする。だがこのような無謀な計画はこの一度限りにしてくれ。気になることや問題があれば都度私に相談してほしい。次に同じような企てをした際にはそれ相応の仕置きを覚悟するように」

心からのお礼のつもりだったけれど、やっぱりオルベウスは察していたみたい。

私の心に隠した警戒心に釘《くぎ》を刺すように、そう囁くのを忘れなかった。


こうして私とシャリテの身代わり劇はあっさりと終わりを告げた。

代わりに始まったのは予想外の新婚生活だ。

あれよあれよと初夜を迎えて以降、私は夜ごとオルベウスに求められるようになった。

初めての夜はあれほど苦しかった行為も、数を重ねる毎《ごと》に痛みは消えて、自分の身体が彼に順応していくのが判る。

けれど馴染んでいく身体とは裏腹に、私の心は少しばかり複雑だ。

なんというか、自分がオルベウスの手の上で簡単に転がされているような気がして、それが不本意なのである。

寛大に対応してくれたオルベウスには感謝しているけれど、それとこれとはまた別の話。

これまで私は他者を振り回す側で、振り回されることはあまり慣れていない。

それなのに今はオルベウスの仕草や言葉一つ一つに戸惑わされ、心臓が跳ね上がり、落ち着かない気分になるのが悔しい。

それに彼が私になぜ執着するのかも相変わらず判らないままだ。

理由の判らない好意が、どこか得体の知れないもののように感じてしまうのは私の性格がひねくれているせい？

そんな私の内心など知らぬ様子で、もう一人の当事者であるシャリテはご機嫌である。

「最初はどうなることかと思いましたが、本当によかったです。お姉様と一緒にいることを許してくださるし、身代わりも不問にしてくださって、オルベウス陛下はお心の広い方ですね」

「……ええ、まあ、そうね」

夫が寛大なのは事実なので、否定はできない。

でもやっぱり主導権をあちらに握られているように感じるのが、ちょっぴり気に入らない。

その上、連日の寵愛を受けて身体は疲労が溜《た》まりつつあるのも地味にしんどい。

殆ど毎晩のように私を抱くあの精力はどこから湧いてくるの？

「……まあ、見るからに体力はありそうだけど」

「はい？」

「何でもないわ。それよりも腰を揉んでくれる？　怠《だる》くて怠くて、座っているのも辛いの」

首を傾《かし》げるシャリテに誤魔化して、腰のマッサージを頼めば、彼女は笑顔で承諾した。

侍女として残ることを許されたシャリテは、現在ベラに教わりながら仕事を学んでいる最中だ。

「腰が少し張っていますね。蒸しタオルで温めて身体を解してからマッサージしましょうか」

「楽になるなら何でもいいわ、お願い」

寝室に移動し、身に纏っているものを全て脱いで寝台にうつぶせになった腰に蒸しタオルを乗せてもらうと、内側からじんわりと温められるようでホッと吐息が漏れる。

「気持ちいい……」

「そんな色っぽい言葉は閨《ねや》の中で言ってもらいたいものだな」

突然聞こえた声に、数秒遅れてハッとした。

慌てて身を起こし、裸体を隠そうとシーツを引き寄せる私の身体に影が落ちる。

ここは王妃の私室、もちろん男子禁制のこの部屋に唯一自由に出入りできる人は王だけだ。

気がつくとシャリテを含めた侍女たちはほとんど音も立てずに寝室を出て行った後だった。

なんて見事な引き際に腕を上げたわね、って感心している場合ではない。

「このような時間にどうなさったのです、政務中でいらっしゃるのでは？」

「今朝は随分と辛そうだったからな。気になって少し抜けてきた」

「それはありがとうございます。でもそう思われるのでしたら、少しは手加減してくださるとありがたいですわ。あいにくと私の体力は陛下に比べれば大人と子どものようなものですので」

「そうつれないことを言うな。これでも随分加減しているつもりだ。本当はもっと愛《いと》しい妃を愛《め》でたくて仕方ないのを我慢している」

オルベウスのように優れた容姿の男性にそんな甘い言葉を言われれば、十中八九、大抵の女は堕ちる。

私だって悪い気はしない。

でも、私は聞き流さなかったわよ。

あれだけ好きに私を抱きながら加減しているって、じゃあ本気になったらどうなるの。

普通に怖いわ。

内心の動揺を押し隠しながら私は微笑んだ、チクリと言葉の針を刺しながら。

「陛下は女性の扱いに長《た》けておいでですのね。これまで何人の女性を泣かせていらしたのでしょう」

オルベウスが「おっと」と、おどけた声を漏らしながら、私の金髪に口づけて甘く微笑む。

「嫉妬しているのか？　可愛いな、その調子でどんどん私のことで頭の中をいっぱいにしてくれ」

「まあ。国の礎《いしずえ》たる陛下をつまらない悋気《りんき》で縛り付けるつもりはございません。ご安心くださいませ」

「つれないことを言うな。私があなたに縛られたいのだ」

素っ気ない私の反応にオルベウスは気を悪くするでもなく、どこかからかうような笑みを崩さないまま、当たり前のように寝台に上がってきた。

「ちょっ……！　無理ですよ？」

まさかまだ明るい昼間からまた抱くつもりなのか、と本気で警戒してつい被った仮面が剥《は》がれそうになったけれどそうではなかったらしい。

「腰が辛いのだろう。押してやろう」

「い、いいえ、そんな、陛下にそのようなこと」

「いいからじっとしていろ。これでもマッサージには慣れている、すぐによくしてやる」

なんだか「よくしてやる」という一言が妙に卑猥《ひわい》に感じてしまったのは私の気のせいかしら。

「今、何を想像した？　ご希望なら、期待に応えるのもやぶさかではないが？」

と低い声で囁くように問われて、私は無言で寝台のクッションに顔を埋めた。

ぎゅっと唇を噤《つぐ》んでいると、身体を起こした弾みで脇に落ちていたタオルを退《ど》かされ、シーツの上から腰を大きな両手がさすってくる。

「……っ」

思わず声が出そうになったのは、その手の体温と感触が心地よかったから。

オルベウスの手は私のものより二回りも大きくて、体温も高い。

私が知る限り、他の男性と比較しても大きい方だと思う。

彼の手に触れられると伝わる体温に、その手に翻弄される記憶を植え付けられた身体が、その時の官能を思い出してしまいそうになる。

これはただのマッサージ、ただのマッサージです。

「んっ……」

けれど声を堪えたそばからすぐにまた新たな声が小さく唇からこぼれ落ちてしまう。

オルベウスがゆっくりと腰を押し始めたからだ。

負担がかかりすぎない範囲で的確な場所を押され、官能とは違う意味で強ばった筋肉がほぐれる感覚につい陶然となった。

彼の思惑はともかくとして、オルベウスの私に触れる手はものすごく気持ちよい。

思わず、もっと触ってと訴えてしまいたくなるくらいに……もちろんそんなこと言えるはずがないけれど。

「痛んだか？」

「いいえ。……もう少し、強くしてくださっても大丈夫です」

「これくらいか」

「んっ……」

「こちらはどうだ？」

「あっ………そこはもう少し優しくして……」

「……おかしな気分になるな」

「やめてください」

その後もオルベウスのマッサージは続いた。

彼の手は丁寧に私の腰を押し解して、時折手の平全部を使って撫でさする。

その手つきはまるで小さな子どもの頭を撫でるような優しさがあるように感じた。

「どうだ、少しは楽になったか?」

「……はい、気持ちいいです……変な意味ではなく」

慌てて付け足された言葉にオルベウスは笑った。

控えめに寝室の扉が叩かれたのはその頃だ。

「おくつろぎ中、失礼いたします。陛下、クレヴァリー卿《きょう》がお見えになりました」

クレヴァリーというのは、正式にはカルヴァン・クレヴァリーという名の若き伯爵で、オルベウスの補佐官を務めている青年だ。

第一印象はいかにも文官ですと言わんばかりな学者風の人物だけど、意外にも剣を持たせれば戦場でオルベウスの隣に立たせても遜色ないほどの使い手でもあると聞いた。

きっと執務の途中で抜け出してなかなか戻ってこない主君を迎えに来たのだろう。

「ちっ。補佐官ならばもう少し気を利かせてもよいものを」

「何か急ぎの案件ができたのかもしれません。待たせては気の毒です。どうぞ行って差し上げてください」

「あなたは迎え入れる時は戸惑うのに、送り出す時はあっさりと追い出そうとするな」

「あら、そんなことありません、陛下の誤解です」

確かにその通りだったから、内心、少しだけギクッとした。

ついわざとらしく視線を泳がせる。

「いつかこの口から、早く戻って可愛がってくれと言わせてみたいものだ」

「そんなこと……」

私の小さな声を吸い込むようにオルベウスに唇を塞がれた。

もちろんただ唇が重なるだけの可愛いキスではない。

ぬるりと侵入してくる舌に口内を暴かれて、無意識に下がろうとする行為を防ぐように後頭部がしっかり抱え込まれる。

そうなるとあとはもう相手の気が済むまで貪られるしかない。

「ふ、ん……」

歯列や頬の裏側、舌の根元を探るように絡みつかれ、互いの舌を擦り合わされる。

じわりとこみ上げる疼きが顎の奥から背筋に伝わって、そこから全身に広がっていくようだ。

幾度も角度を変えては私の舌に吸い付く彼に、気がつけば両腕を回してしがみついていた。

そのまま二人はどれほど睦《むつ》み合っていただろう。

いい加減しびれを切らしたカルヴァンが、再び侍女に急《せ》かすよう訴えてくるだろうか、という頃合いでオルベウスはやっと私から身を引いた。

「今夜は少し遅くなる。待たずともよいから先に休んでいてくれ」

「……かしこまりました、いってらっしゃいませ」

送り出す言葉は、先ほどまでの口づけの余韻を残して、少しばかり舌足らずになってしまった。

立ち去る夫の背を見送って、私は上がった息を落ち着かせるように、何度目かも判らない溜息を吐く。

全く困ったものね。

具体的に何に困っているのかと問われるとたくさんあるけれど、一番困るのは夫が魅力的すぎることよ。

一言で言うならオルベウスは大人だ。余裕があって冷静で、それでいて情熱的でもある。

もっと傲慢だったり、あるいはナルシストだったり、それとも正義感に溢れる暑苦しいタイプだったりしたら私もそれ相応の対応ができたと思うのに、なんであの人あんなに私の好みのタイプなの？

見目のよさや男らしい魅力に溢れているところはもちろん加点対象。

それでも私が一番彼に対して好感を抱いたのは、相手の目をまっすぐに見て、きちんとその言葉の意味を理解しようと努めてくれるところだ。

簡単なようでいて、続けることは案外難しい。

その難しいことをオルベウスは自然にこなす。

彼にとってそうすることが習慣になっているのだろう。

「夫が好意を持てる人だったのは幸いだけど……………一体どういうつもりなの？」

でも好みの人に愛されて幸せ街道まっしぐら、なんてお花畑展開をそのまま信じられるほど、私は素直な性格ではない。どうしたって裏を考えてしまう。

オルベウスは私を愛しい妃と言うけれど、本気だろうか、って。

彼の口調はあまりにも自然すぎて、嘘っぽく聞こえるのに、同じくらい本当のようにも聞こえて私を戸惑わせる。

それにあの赤い瞳。

じっと見つめていると呑み込まれそうになる。

……そこまで考えて頭を振った。

考えても判らないことをあれこれと思い悩んでも仕方ないわ。

それよりも、これから先のことを考えないと。

先ほどのように私は素直な性格ではないから、オルベウスの寵愛が面はゆくもあるけれど、同時に少し怖いと感じてしまう。

お父様の女癖の悪さを幼い頃から見てきているから、男性に対して少なくない不信感があるし、男性はいつか目移りするもの、という先入観が心のどこかにある。

このまま彼の寵愛に溺れた後で、もし彼が他に愛する女性を見つけてきた時、自分が冷静に対応できる自信がない。

「私がお母様のようにならないという保証はないじゃない……」

それだけは絶対にしたくない。だからできれば彼の寵愛を分散させたいと思ってしまう。

その方がいざ彼の心が離れても、ダメージは少なくて済む気がするから。

それに私が無事に王子を産めれば良いけれど、もしそれが叶《かな》わなければ、彼の意思にかかわらず他の女性を迎え入れなくてはならなくなるだろう。

それならば後々のトラブルや不幸な出来事を防ぐためにも、最初からある程度私自身の目で相応しい候補を絞って迎え入れておいた方がいい気がするのよ。

何より望まない女性が無理矢理侍《はべ》らされる悲劇は避けたい。

オルベウスが女性にそんな無体をする男性だとは思えないけれど、相手側の女性が政略結婚を強制されない保証はないものね。

ヴァルネッサの側室制度についてきちんと調べておこう。

そう考えた時、胸の奥でチクリと小さな痛みと共に奇妙な違和感を覚えた気がしたけれど、私はあえて気付かないふりをした。

その痛みの正体が嫉妬であることを私が認められるようになるには、まだ少し時間がかかりそうだった。

春の暖かな日差しが次第に強さを増し、夏の匂いを感じさせるようになった初夏の夜、ヴァルネッサ王城では盛大な舞踏会が開かれた。

いわゆる、隣国から嫁いできた王妃の正式なお披露目と社交界デビューの日。

半月前の婚礼の披露宴以来、私が王妃として人前に姿を見せるのはこの夜が初めてだ。

オルベウスに手を引かれ、会場へと足を踏み入れれば、いたるところから小さなどよめきが聞こえる。

驚きか、あるいは感嘆か。

この時のために朝も早くから磨きに磨かれて飾り立てられたのよ。

どうぞ存分に見惚《みと》れてちょうだい、と私は堂々と顔を上げながら居並ぶ人々を見下ろした。

今夜私のために用意されたドレスは、鮮やかな深紅の生地をベースに胸元から肩、腕に掛けて肌が透けるほど繊細なレースにパールがあしらわれたものだ。

きゅっと細く絞られたウエストとは対照的に腰から下を柔らかなタフタで丁寧にタッキングし、作り上げたドレープはまるでケーキを飾るクリームのよう。

それが私の肌をより白く、美しく際立たせ、輝くような自慢の金髪と相まってまるで大輪の花のようにも、神々しい女神のようにも見える……そう評価したのは隣にいる夫その人である。

片側で花の形に結われた髪と、そこに差し込まれたオニキスとルビーの髪飾りは、彼の髪や瞳の色を模したもの。

隣に立つオルベウスの黒で統一された衣装にも、私の金髪と瞳を連想させる金細工や金糸による刺繍《ししゅう》が施され、サファイアのラペルピンが輝いている。

隣国、ゼクセンとの関係には複雑な感情を抱く者も少なくないはずだけれど、寄り添いあう今の私たちの姿は似合いの夫婦に見えたらしい。

「まあ……なんてお似合いなのでしょう。お二人とも本当にお美しくて……」

「聞いた話ですと、ご結婚以来、陛下は一日も空けずに王妃様の元へ通われているのですって。そのご寵愛の深さは見ていて羨ましくなるほどだと」

「どうやら王妃陛下へのご寵愛は本当のようだな」

あちらこちらからヒソヒソと囁く声が聞こえてくる。

そうした人々の反応に、オルベウス自身は大変満足しているらしい。

「皆があなたに見惚れている。我が妃の美貌を賞賛しているぞ」

「私には、あなたの思いがけない寵愛の深さに驚いているように思えますけれど。本当にこれまでおそばを温める女性はいらっしゃらなかったのですか？」

「私の名誉のためにはっきりと否定させてもらおう。私にはあなただけだ」

何とも甘い言葉で、美貌の王にこんなことを言われて平常心でいられる女性は少ないだろう。

そのうえ腰に回った腕にぐいっと引き寄せられて抱え込まれるような姿勢にされてはなおさらだ。

それは私自身も例外ではなくて、どんなに平常心を装おうとしても顔が赤くなってしまう。

……本当に口が上手いんだから……それにしても。

「陛下。もしかして私たち、以前どこかでお会いしたことはありましたか？」

「うん？　どうした、突然」

「だって、あなたは最初から私に好意的すぎます。本当はもっと怒ったり、警戒したりするものではありませんか？」

物語ではよくあるでしょう。

実は以前に出会っていて、仲を育むような思い出があるとか。

……平たく言うと、そういうエピソードでもないと彼の私への好意や執着の理由が判らない。

「一目惚《ひとめぼ》れだ、とは思わないのか？」

「まあ確かにその可能性もゼロではありませんわ。私も国では黄金の姫君と謳《うた》われておりますもの。多少なりとも見栄《みば》えには自信がございます。でもあなたは容姿で伴侶を選ぶタイプではないでしょう？」

私の言葉にオルベウスが目を細める。

一見訝《いぶか》しんでいるようにも見えるけれど、その口の端がくっと上がっているところを見ると楽しんでいるみたい。

「性格に一目惚れすることもあるだろう？」

「そのお言葉を鵜呑《うの》みにするほど、さすがに私も単純ではありませんわよ。ですから、以前どこかでお会いして、お見初めになったのかと思ったのです。少なくとも先ほど仰った一目惚れよりは信憑性《しんぴょうせい》があると思います」

「さて、どうだったかな」

これらの会話を私たち夫婦は人前で、互いに身体と顔を寄せながらヒソヒソと交わしている。

国王夫妻の会話に露骨に耳を傾けることのできる者がいるはずもなく、他者からは新婚がいちゃいちゃと睦まじく会話に花を咲かせているようにしか見えないだろう。

極めつけは王から王妃の額への口づけだ。

どうして今の話の流れからそんな行動に結びつくのか、ぎゃっ、と漏らしそうになる声を堪える私の耳にさらなる人々の言葉が飛び込んできた。

「この分だと、お世継ぎのご誕生まではそう先の話ではなさそうだ」

「お二人のお子様なら、とてもお美しいでしょうね」

いやいやいやいや、結婚したばかりなのにもう子どもって。

ちょっと気が早すぎない？

微笑ましそうな人々の反応にさすがに羞恥を操られ、目を白黒する私の隣でオルベウスは二ヤニヤと意味深に笑っている。

そんな彼の方を恨みがましく睨《にら》もうとした時だった。

偶然視界に異彩を放つグループの姿が見えた。

年若い数人の令嬢たちだ。

中央に陣取る黒髪の令嬢がグループのリーダー的存在なのかしら。

身に纏っているドレスやアクセサリーを見るからに、彼女たちの中ではその令嬢がもっとも身分が高そうだ。

美しく微笑みながらも冷ややかな眼差しを私へ向けている。

（憧れの人を横取りした憎い女……そんな感じかしら？）

そんなことを考えていると、オルベウスが私の視線を辿ったらしい。

「シュトラーゼ公爵の娘だな。確かヘンリエッタと言ったか」

「シュトラーゼ公とは、外務大臣をおつとめの？」

「そうだ」

「お綺麗な方ですね？」

「公爵の自慢の娘だ。未だ婚約者が定まっていないのも、相手を厳選しているのだろうな。優れた相手に恵まれるといいが」

完全に人ごと、という口ぶりだけど違うわよね？

あの令嬢が狙っているのって完全にあなたよね？

多分私が嫁いでこなかったら王妃の座にもっとも近かったのはあの令嬢だったはず。

ふむ、これは本格的に考えた方がよいかも。

私が自分の考えをシャリテ、そしてベラの二人に告げたのはこの翌朝のことだ。

朝食後のお茶を口にしながら、のんびりと今日の天気の話でもするかのごとく、

「陛下にご側室を持っていただくのはどうかと考えているのだけれど、どう思う？」

こんなふうに。

「えっ……ちょっと待ってください、お姉様。それは本気で仰ってますか？」

「ええ。そんなに驚くようなこと？　おかしなことを言ったかしら？」

「おかしな、と言いますか……」

ひどく驚いた声を出したシャリテの反応が戸惑いへと変化するのが判る。

シャリテは何を言っているのだろうと言わんばかりの眼差しで私を見て言った。

「何年もお子が授からないというのならまだしも、なぜご結婚されてまだ間もない今、他の女性を迎え入れることを考える必要があるのですか？」

「だって、いずれ誰か迎えるなら私が管理できる状態の方がいいじゃない？」

「オルベウス陛下は他の女性なんてお望みにならないかもしれないじゃないですか」

「望むようになるかもしれないでしょう。男性、それも身分にも財産にも恵まれている男は、

一人の女だけじゃ満足できないってあなたも知っているはずよ」

「それは……」

「見境なしに望まない女性に手をつけられるより、お互い納得した上で関係を取り持った方がその後のダメージも少なくて済むわ。もちろん生まれた子は陛下の実子として認めるつもりよ」

言いながらも、また胸の奥がズキッと痛んで、無意識に手で押さえた。

自分の発言なのに、なんだか嫌な気持ちがこみ上げてくるのはどうしてだろう。

恐る恐ると言った様子でシャリテが尋ねてきた。

「お姉様……もしかして、陛下に何か無体なことをされていらっしゃいますか？」

「えっ？　そんなことないわよ。体力的にしんどいのと、少し陛下の本心が知れないなって思うくらいで、今のところ別にひどいことはされていないし」

「では陛下がお嫌いですか？」

「嫌いということでもないの。むしろ男性としてはとても魅力的な人だと思っているわ」

「それならなぜ……」

改まって問われると、返答に困ってしまう。

多分私がどんな説明をしても、今シャリテを納得させるのは難しいだろうなと感じるからだ。

そんな私たちの会話に、やれやれと溜息を吐いたのはベラだった。

「ここで四の五の言っても仕方ありません。どうせアステア様はご自身のやりたいようになさるのでしょうから」

「まあ、ベラったら。私のことをよく判ってくれているのね」

嬉しいわと微笑んで見せたのに、なぜベラは微妙な表情で溜息を吐くのかしら。

シャリテはシャリテで、やっぱりまだ納得しかねる、という顔をしている。

「安心して。きちんと相手の為人《ひととなり》は確かめるから」

自信たっぷりに言ってみせたけれど、二人の微妙な反応は変わらない。

「なぜそうなるのですか…………」

それどころかシャリテには「これは駄目だ……」と言わんばかりの呟きと溜息をセットで贈られてしまう羽目になる。

王妃が側室を見極めることはそんなにあり得ないことかしら。

そう思いながら、しかし私は自分の考えを実行すべく動き出した。

この時、胸の奥でまたチクリと痛む何かがあることには、相変わらず見て見ぬフリをして。


王妃が自らお茶会の主催を計画している、という噂はそれから間もなく貴族夫人や令嬢たちの間ですぐに広まったらしい。

力ある人にお近づきになりたいと考えるのはどこの国でも同じようで、あちこちから色々な伝手《つて》で「ぜひ参加したい」という主旨のお伺いが寄せられてくる。

その中で今回私が選んだのは、伯爵位以上の未婚の令嬢か、結婚して間もない貴婦人だ。

側室候補がどうの、というのはまず置いておいて、ひとまずヴァルネッサの貴族女性にどんな人がいるのかを知らなければお話にならない。

オルベウスに女性の中で信頼できる人を探したいと頼むと、あっさりと許可が出た。

きっとオルベウスも私に必要なことだと考えたからだろう。

「いかがでしょう、王妃様。ご希望通りにご用意したつもりなのですが……」

当日の朝、王妃のサロンに用意されたお茶会の席の最終チェックを行った。

豪華にしようと思えばいくらでもできるほどの予算をオルベウスは許してくれたけれど、私はあえて全体的に華美な装飾は控えめにし、飾る花も淡い色の、匂いが控えめなものを選ぶように侍女たちに命じた。

幸いこの日は天候にも恵まれ、大きなサロンの窓からは暖かな日差しがさんさんと差し込み、室内を照らし出している。

令嬢たちの肌を焼かぬよう、その日差しは限界まで薄く織り上げたシフォンのカーテンが和らげている。

全体的に色素の薄い会場を所々引き締めるのは、濃い青と純白を交互に重ねたテーブルクロスだ。

落ち着いた、品のよい、そして初々しい可愛らしさを演出した仕上がりとなっていた。

そうしてセッティングを終えたサロンに、まず姿を見せたのは招待客の中でも身分の低い伯爵令嬢から。

ゼクセンでも同じように、招待客の中でも身分の高いものほど会場に入る時間は遅く、逆に低いものほど早く訪れるのは暗黙の了解となっている。

よって最後に姿を見せたのは、シュトラーゼ公爵令嬢ヘンリエッタだった。

「本日はお招きいただき大変光栄に存じます。アステア王妃陛下」

「こちらこそ招待に応じてくれて嬉しいわ」

洗練された優雅なカーテシーを披露するヘンリエッタの所作は、さすが公爵令嬢と感嘆するほど優雅で堂に入っている。

身に纏っているドレスも夏らしい水色の小花模様とレースがあしらわれた華やかなもので、実にセンスがいい。

少なくとも今のヘンリエッタからは先日の舞踏会で見せたような恨みがましい露骨な様子は窺えなかった。

対する今日の私はラベンダー色のモスリンの上に、長さの違う透けるシフォンを数枚重ねたものである。

デザインこそシンプルだが濃いラベンダーのアンダードレスにだんだん裾の短くなるシフォンを重ねることで足元から上に上がるにつれてグラデーションのように色を変えて、涼しげに見えるよう工夫されている。

ファッションセンスの高い侍女の助言を受け入れた結果だが、なかなかよい出来だと我ながら思うくらいだ。

私の金髪や碧眼《へきがん》にもよく似合う。

我ながらまだ二十歳の王妃らしく清楚《せいそ》に、それでいて既婚女性らしく上品に仕上がっていると思うわ。

「私がヴァルネッサで開く初めてのお茶会に、皆様をお招きできてとても嬉しく思います。嫁いできたばかりでまだ勉強中の身なので、色々と教えてくださいね」

もちろんその言葉を真に受けて、王妃相手にあれこれと発言するものはいないだろう……と、思ったら、意外にもいたらしい。

「もちろんです、王妃様。私たちが改まってお教えできることなどないと思いますけれど、恐れながら申し上げるならば、少しばかり会場の華やかさに欠けるのではありませんか？　せっかく様々な種類の花が咲き乱れる時期、もう少し色鮮やかでもいいと思いますわ」

色々教えてくださいと言った直後に、早速の駄目出し。

それを堂々と口にしたのはヘンリエッタだ。

恐れながらと言いながら、少しも恐縮していない様子の彼女はまるで私を挑発するように告げるとにこりと微笑む。

見た目の印象通り、なかなか好戦的なご令嬢ね。

他の令嬢たちが戸惑うように目配せしあう中、ヘンリエッタは随分得意げな顔をしているけれど、私があえて装飾を控えめにしたのは理由がある。

何でも贅沢《ぜいたく》に飾り立てればいいというものではないのよ。

「早速のご指摘をありがとう。でも今日はあえて、色味を抑えましたの。何しろ本日のお客様は皆様それぞれが美しく咲き誇る花々そのものですもの。会場の装飾は、そんな花々の美しさをより際立たせる脇役であるべきでしょう？」

まあ、と周囲から弾んだ声が上がる。

「……そんなお考えでいらしたなんて、さすが王妃様ですわ。私の浅はかなご指摘をお許しくださいませ」

「いいえ、忌憚《きたん》ない言葉に感謝しているわ」

堂々と意見を述べる度胸や、分が悪いとみるやすぐに引き下がる判断の速さは決して悪いものではない。

一言で言えば気が強い。

私はそういうの、そんなに嫌いじゃないわよ。

少なくとも陰でこそこそ暗躍されるよりよっぽどやりやすいわ。

でも先日の舞踏会や今の言動から考えるに、理性的とは言いがたい。

何より気の強さ以上に攻撃的すぎる。

解散後、部屋に戻った私に成果を問いかけたのはシャリテだった。

「シュトラーゼ公爵令嬢はいかがでしたか?」

「残念だけど駄目ね。教養は充分だとしても自分の感情を隠すことができていない。彼女を側室にしたら、意気揚々と王妃の座を奪いにくるでしょう」

私は我が身が可愛い。

自分の敵になり得る存在を迎え入れるのはごめん被りたい。

「彼女より、レディ・イーリスの方が私と相性がいいと思うわ。彼女なら側室になっても仲良くできそう」

レディ・イーリスは、やはりお茶会に招いた読書好きな侯爵令嬢である。

おっとりと好きな本の話をしながらもこちらの様子に気を遣ったり、空気を読んだりする能力に長けているし、本の世界だけでなく世情も把握できる知性と教養が感じられた。

どちらかというと私が直感的に動くタイプだから、彼女のような人が補佐してくれると上手くいくかもしれない。

「今のところ私の中ではレディ・イーリスが一番有力な陛下の側室候補ね」

そう答えた時だった。

「誰が、誰の側室だって？」

突然聞こえた第三者の声に、驚きで手元が揺れた。

声のした方を振り返れば、そこにはいつの間に入室したのかオルベウスと、その背後に少し困った表情で控えているベラの姿がある。

きっとまたオルベウスが突然訪ねてきたのね。

王の行く手を侍女が遮ることなどできるわけがない。

「陛下。先触れもなく、どうなさいましたか」

手にしたカップをテーブルに戻し、務めて平静を装いながら問いかけた。

そんな私にオルベウスは笑顔で返す。

とはいえ笑顔を浮かべていてもその目は実に冷ややかだ。

最初の一声から考えても、間違いなく会話の内容を聞かれてしまっている。

「なに、今日はあなたが主催する初めてのお茶会だっただろう。どうなったかと気になってな」

「まあ。ご心配いただき、ありがとうございます。お陰様で充分実りのあるものでした」

「そうか。それは何よりだ。そのお茶会の席で私の側室まで探そうとするくらい余裕があったとは知らなかった。あなたの度胸には恐れ入る」

「…………」

本能的に察した。

これはまずい、と。

「どうやら私たちは改めて、話し合う必要がありそうだな?」

「……あ、あら、そんな。お忙しい陛下のお時間をいただくなんてとてもとても……」

一応は私も勝手な真似をした自覚はあるのと不意を突かれたことで、つい声が上ずってしまった。

まだお茶会を開いただけ。けれど、一歩一歩物騒な笑みのまま近づいてくるオルベウスにその言い訳は通用しなさそうだ。

救いを求めるように視線を向ければ、つい先ほどまで傍らにいたはずのシャリテはベラの無言の指示を受けて彼女の元まで下がっている。

そして二人はそのまま、さささささ、と後退るように部屋から出て行ってしまった……私をこの場に残したまま。本当に去り際の見事さは磨きがかかっているわね。

(う、裏切り者……!)

思わず後を追うようにカウチから腰を浮かしかけたけれど、オルベウスが背もたれに押しつけるように正面から私へ覆《おお》い被《かぶ》さってくる方が早い。

その顔は、もう笑ってはいなかった。

「さて、王妃よ。側室とはどういうことだ?」

「それは……」

「まさか結婚してまだ間もないというのに、もう夫に側室を薦めようとしていた……なんてことはないだろうな?」

そのまさかなので、押し黙るしかない。

しかもかなり状況が悪いことに、オルベウスが怒っている。

身代わりがバレた時には怒りもしなかったのに。

「アステア?」

どうしてかしら、私の名を呼ぶ彼の声は甘いのに、肉食獣に追い立てられる小動物になった気分がして、背筋に滲む嫌な汗が止まらない。

「ご、誤解です。今すぐの話ではなくて……」

「ほう。今すぐではなくとも将来的には必要だと思ったから、早いうちに品定めしようとしたと?」

「し、品定めだなんてそんな……」

まずいわ。

この雰囲気だと、うかつなことを言うと命取りになりかねない気がする。

オルベウスの瞳をまっすぐに見ていられず視線を明後日に飛ばしてしまいそうになるけれど、

そうすると、ますますまずいことになりそうだと恐る恐る視線を戻した。

すると……こちらを見つめる赤い瞳がひどく複雑そうな悲しそうな感情を宿して揺らいでいるように見えてしまった。

うっ、と思わず声を漏らしそうになってしまったのは、罪悪感に襲われたからだ。

(……どうしてそんな顔をするの。……これじゃあ、まるで本気で私のことが好きみたいじゃない……まさか本当に？)

そう思うとますます罪悪感が増すのと同時に、なんだか胸の内がむずむずと落ち着かない気分になる。

でも一体今までの私とのやりとりの中のどこにこんなに好かれる要素があったの？

正直に言って、私って最初からろくでもないことをしたわよね？

騙そうとしたわよね？

気がつけば、私は無言のまま、じいっと彼を見つめていたらしい。

はあ、とオルベウスが深い溜息をついた。

「アステア」

「……はい」

「先に言っておくが、私は側室を持つつもりはない。たとえあなたとの間に子が生まれなかったとしてもだ」

「お言葉は嬉しいですが、そんなわけには……後継者は必要でしょう?」

「ではあなたは私が他に女をそばに置いてもいいというのか」

「それは……確かに、正直に言えばあまりいい気分はしませんが……」

「まさか他の女を宛がうことで、私から逃れようとしているのではないだろうな?」

「えっ、……い、いえ、まさか、そんな」

もっとはっきり否定しなくてはならなかったのに、寵愛を分散させたいと考えていたせいか、ついしどろもどろになってしまった。

数秒の間の後、オルベウスの表情にみるみる変化が現れる。

先ほどの感情の揺らぎがあるものではなく、意地の悪い、それこそ本当に猛獣が獲物を定めたような眼差しだった。

「目当ての令嬢は誰だった?　レディ・ヘンリエッタか?」

「いいえ、それよりはレディ・イーリスの方が」

直後口を噤む。

私の馬鹿。

オルベウスの腕が私を抱え上げたのはその時だ。

「陛下!?」

「あなたは私が思うより国の将来を考えてくれているようだ。まだしばらくの間は夫婦二人の生活も悪くないと思っていたが、そういうことならもう少し頑張ってもらおうか」

嫌な予感しかしない。

そしてその予感が当たっていることを証明するように寝室へと運び込まれ、半ば寝台に放り出されるように押し倒される。

ああやっぱり、頑張るってこういうこと？

「ちょ、ちょっと待ってください、陛下。冷静になりましょう、落ち着いて話をしませんか」

「私は充分に冷静だ。後継が必要なのは事実だからな、まずはあなたと私とで最大限の努力をしてみようではないか。それ以外の手段を考えるのはもっと後でいい」

言いざま、オルベウスは乱暴に自分の胸元を乱す。襟が緩み、クラヴァットが解け、開いたシャツの隙間から逞しい首筋と鎖骨が露わになって私の目に飛び込んでくる。

女性のものではあり得ない、男性的な色香を漂わせる肌を直視できずに反射的に顔を逸らした。もう幾度も目にしているというのに。

だけどその反らした私の顎が掴まれ、強引に正面に向き直される。

彼の胸を押し返そうとするより早く、唇を塞がれた。

最初から唇を割って舌を差し込まれるほど深く。

「ん、んむ……っ！」

ぬるりと口内を舐められて、脊髄反射のようにぞくっと身震いがする。

頭の中では先ほどからしきりに、まずい、逃げろと警告を発しているのに、オルベウスのキス一つで神経を蕩かされるような感覚に陥るとは何事だ。

角度を変えながら幾度も唇を貪られ、それと同時に足元では片足を持ち上げるように開かされて、ドレスの裾をたぐり寄せられる。

露わにされた下半身の下着の中にいきなり片手を潜り込まされて、びくっと両足が震えた。まだろくに愛撫を受けていないその場所は当然ながら潤いが全く足りていない。

たくさんの書類を扱って乾いた皮膚と、ペンだこ、そして毎朝訓練で握る剣のおかげで硬くなった指先に繊細な部分をなぞられて、全身に緊張が走る。

「んっ、だめ……」

「痛むか？」

無理に突っ込まれれば痛みもするだろうが、さすがにオルベウスもそこまで乱暴な真似をするつもりはないらしく、優しく入り口を擽り襞をなぞられ、未だ隠れた花の芽を擦るだけだから痛みはない。

でもいつもより摩擦が強いせいか、引き攣れるような違和感と刺激が強い。

それでも、これまでに幾度も教え込まれているせいか、あるいはその両方か……くるくると指先を擽るように動かされるだけで、私の身体は情けないくらい早く反応し始めた。

「ああ、濡れてきたな。素直で覚えのよい身体だ」

ほどなく、くちゅっと小さな水音が聞こえて、耳まで熱が上る。

身体の奥からとろりと溢れ出てくるものと、粘膜に空気が含まされて、彼の指が動くたびにぱちぱちと弾ける音と感覚が何ともいえない。

羞恥にオルベウスを押しのけようとしても、彼の身体はびくともせず、逆に大きく両足を開かれる形になる。

気がつけばドレスの裾は腹の上までまくり上げられ、下肢に纏っていた下着や靴下は奪われるように脱ぎ落とされてしまった。

お茶会を終えた後のシュミーズドレス姿では不埒《ふらち》な夫の手を防ぐことは難しい。

「待って、待って……!」

「待たない。ほら、音がしてきた」

言い様、彼がわざと音を鳴らすように執拗に空気を絡めて指を動かす。

くちゅくちゅと、聞くに堪えない淫らな音が高くなるにつれて、私の呼吸は乱れていった。

「ん……ふ、あぁ……」

気持ちよいと、素直にそう思う。

慎ましかった花芽は次第に膨らみを帯びて顔を出し、入り口からその奥が満たされることを期待して淫らにうごめき始める。

ひくり、ひくりとざわめくその疼きに合わせて、かすかに腰が揺れた。

「もうよくなってきているのか。いいことだ」

オルベウスがベッドサイドのチェストの中から何か小瓶のようなものを取り出したのはその時だ。

「な、なんです……？」

「すぐに判る。足を閉じるな、そのまま開いていなさい」

中に入っているのは琥珀色《こはくいろ》の液体のように見えた。瓶を傾けても中身が水のように零れることはなく、とろりとオルベウスの指に絡みつき、その指の動きに合わせて糸を引く。

まるで自分の胎内から溢れる蜜のようだ。

どこか卑猥で淫らに感じるその液体に、再び嫌な予感を覚えて無意識のうちに腰を引こうとするも、当然それをオルベウスは許さない。

「冷たっ……」

琥珀色の液体に塗れた指で秘裂をなぞられ、その冷たさに小さく腰が跳ねる。

「大丈夫だ、すぐに馴染む。ほら」

彼の言葉通り、それはすぐに体温に温められて、既にその場所を潤わせていた私の中から溢れた蜜と混ざり、オルベウスの指の動きをより滑らかに助ける。

太く長い彼の指は、丁寧に襞をかき分け、花芽を擽り、入り口の縁をなぞってゆっくりと胎内に潜り込んだ。

まるでその液体を塗りつけるように。

「ん……、んぅ……」

「いいか?」

短く問う彼の声に、無意識に肯いていた。

気がつくと押し返そうとしていたはずの彼を今は自ら腕を回して、縋り付いている。

口を閉じていても、鼻の奥から甘えた声が抜けてしまう。

「ん、ん……ん、んんっ……」

今やオルベウスの指は根元まで私の奥に入り込んで、遠慮なしに膣襞を擦り上げる。

かと思えば指を抜き、瓶から琥珀色の液体を取り上げてはまた指を押し込むのだ。

開かれた両足の間から、先ほどよりも淫らに、ぐちゅっ、ぬぷっと耳を塞ぎたくなる音が溢れて私の腰を震わせた。

私の中はそんな彼の指を懸命に締め付ける。

「下腹が波打ってきたな。中もドロドロで切なげにひくついている……ああ、ここも可愛らしく顔を出して……」

いちいち、いやらしいことを言わないでほしい、恥ずかしいのに。

でもそんな彼の意地の悪い言葉や声にさえ、今の私の身体は反応してよりいっそうその指をしゃぶる……物欲しそうに。

　変化が現れ始めたのはそんな時だった。

「え……なに……？」

　じわ、じわっとお腹の内側が急激に熱くなってきた。

　まるでその場所で小さな火花がいくつも散るような、粘膜が焼かれるような熱だ。

　それと同時にむずがゆい刺激に腰が震え始める。

　熱とかゆみの両方に襲われて、とてもじっとしていられずに腰を動かすと、その奥からどっと愛液がしたたり落ちて私の内股を汚した。

「な、なに、これ……！」

　ごぷ、ごぷと音を立てるように次々と零れ出る蜜が会陰を伝いシーツに染みを広げる。

　両足を閉じ、手で押さえてみても熱とかゆみは治まらない。

　身もだえするように身を縮こまらせると、そこは刺激を求めて私の意思に関わらず、ひっきりなしに腰を揺らしては小さく跳ね上がった。

　オルベウスが笑って、先ほどの瓶に半分ほど残った液体を揺らす。

「媚薬《びやく》だ。心配するな、時間が経《た》てば収まる。そうだな……体質にもよるが、三、四時間程度か」

「さ、三、四時間!?　なぜそんなものがここにあるんです!?」

「私が用意させた。時にはいい刺激になるかと思ってな。まさか今使うことになるとは思っていなかったが……媚薬の具合はどうだ、アステア？」

「こ、こんなのはひどい」

「そうか。私もそれなりにひどいと思ったぞ？」

それを言われるとまた反論できなくなる。

口ごもっている間にも熱とかゆみは高まって、そのうち腹の奥まで焦がされるように熱くなってきた。

熱い、そしてかゆい。

その場所を思い切り掻きむしりたい欲求に、頭がおかしくなりそうなくらいだ。

オルベウスが名を呼ぶ。彼の低く甘い声は、まるで私の耳から胎内に毒を注ぎ込むようだ。

そして片手に瓶を持ったまま、もう片方の手でドレスの上から乳房を掴んだ。

「アステア」

「次はここに塗ってやろうか。可愛いあなたの乳首が、どこまで赤く尖るか試してみたいな」

人差し指に先端を探り当てられ、ビリッとした刺激に息が詰まる。

そこはまだ触れられてもいないのに、既に痛いほど尖っているのが自分でも判って焦る。

敏感になった場所が生地に擦れて身を引きたくなるほど疼いて、そこを指先でぐりぐりと擦られると悲鳴のような声が上がってしまった。

「ああっ！　い、いや、だめ、やめて！」

「なら言うことがあるんじゃないのか？」

もはや主導権は完全にオルベウスの手の中だ。

乳房に触れていた彼の手が、デコルテからドレスの生地を掴んで下着ごと強引に引き下げた。

ふるりと零れ出た二つの膨らみの頂点で、それは真っ赤に膨れて立ち上がっていた。

薬に濡れたオルベウスの指がそこへ向かうさまを見せつけられて、私は懇願した。

今でさえこんなになってしまっているのに、さらになんて自分がどうなってしまうのか判らなくて怖い。

「ごめんなさい、もう二度としないから……！」

「遅い」

が、無情な声と共に切り捨てられて、彼の指先が尖った乳首に触れる。

そして指で扱きながらたっぷりと薬を塗りつけるように転がした。

「や、あああっ！」

それは逆の胸にも。

「さて、アステア。どうしてほしい？」

涙の膜が張った視界で、私は首を横に振った。

何度も、何度も。

その間にも胸も、その先も、両足の奥も、全てが熱を持って疼く。

まるで身体中に虫が這うようなざわめきは不快なはずなのに、今の私はそれが全て強烈な快感に変わって、あっという間に私の我慢の限界を超えた。

もう一秒だってじっとしていられない。

「いや、や、やだあ……！」

まるで小さな少女のような声を上げて、再び彼に縋り付いた。

でも今度は縋り付くだけでは済まない。

とにかく早くこの熱と疼きを収めてほしい。

そのためにどうすればいいのか、何が必要なのかを私は既に知っていた。

もう滅茶苦茶だった。

オルベウスの愛撫と、薬の暴力のような刺激に襲われて容易く理性を飛ばした私は、自ら両足を開いて夫を誘い、その胸板に己の胸を擦りつける。

「やだ、ねえ、はやく……！　早く奥に来て……！」

訴えながら、自ら彼の腰をまたぐようにのし掛かる。

今まで繰り返し抱かれてきたけれど、私の方から彼のその部分に触れたのはこれが初めてだ。

オルベウスのそこは既に大きく膨らんでいて……私が手を這わせるとトラウザーズの上からでもぴくっと生き物のように動くのが判った。

「大胆だな。そんなに我慢できないか？」

からかうように言いながらも、彼のその声も少し上ずって聞こえる。

私は何度も肯くと、自ら彼の唇に吸い付き、舌を這わせ、そしてもどかしいほどの手つきで彼の下肢をくつろげていた。

私の手によって解放された彼自身が撥ねるような勢いで表に姿を現す。

雄々しく立ち上がるその場所は、見た目は決して美しいものではないけれど、今の私がもっともほしいものだ。

即座にその場所に秘部を擦りつける、自ら邪魔なドレスの裾をまくり上げて。

「……っ、焦るな、そんなに腰を振りたくっては入るものも入らない」

「だって、だって……あ、あぁ、ああん……！」

ただ表面を擦り合わせているだけでも、めまいがするくらい気持ちよかった。

たったそれだけのことで私の身体は一気に駆け上がって果てを見る。

ひときわ大きく痙攣《けいれん》するように跳ねた私の身体を抱きしめて、オルベウスは笑った。

「もう達したのか？　すごい効果だな……ほら、少し身体を離してみろ。しゃぶってやる」

「ひ、あ、あ、ああ、あっ！」

オルベウスの頭が私の胸元に沈む。

可哀想なくらいに真っ赤に充血して立ち上がる乳首へと舌を這わさされ、強く吸い上げられると、ビリビリと走る法悦に私はまた小さく達した。

背が折れそうなほどの勢いでのけぞる。

後ろにひっくり返りそうになる私の背を片手で押さえて、オルベウスは舌を全部使うように私の乳首から乳輪を舐め、吸い、囓《かじ》り、そしてもう一方の乳房を揉みしだき続ける。

「ドレスが邪魔だな……腰を上げられるか？　そうだ」

既にオルベウスも限界に近いのだろう。

私の腰に溜まるドレスの生地をもどかしげに下げて、足から抜いた。

全裸にされた私はそれを恥じる余裕もなく、彼の手で寝台に仰向《あおむ》けに転がされると大きく両足を開かれ、無防備な場所に男芯を宛がわれ。

そして容赦なく一息に中へと突き込まれた。

「あ、あああ、ああっっ‼」

途端自分でも信じられないような悲鳴が上がり、一瞬で頭が真っ白になる。

待ち望んでいたものをようやく与えられて喜んだ私の身体は一瞬にして頂点を極め、胎内の雄にすがりつくように力の限り締め上げた。

「っ……すごいな、搾り取られるようだ」

「うっ、あっ、あ、あんっ、ああ！」

そう言いながらも彼は、強く絡みつく膣襞を振り切るように腰を使い始める。

互いの粘膜が擦り合わされ絡み合う音と、肌を打つ音、そして高く喘ぐ声が室内に響き渡った。

先ほどのひと突きで忘我《ぼうが》の極地に追いやられたはずの私は、立て続けに再び頂点に押し上げられて悲鳴を上げる。私の身体は敏感になった胎内をゴリゴリと突き上げ、擦り上げられるたびに与えられる新たな快感を前になすすべもない。

最奥を突き上げ、腰が密着させてオルベウスがぐりぐりと腰を回すのが堪らなかった。

下肢で膨らんで顔を出している花芽も擦られるからだ。

「あ、ああっ、だめ、ああっ、いい、んっっ！」

「良いのか悪いのかどっちだ」

「いいからっ……！　いい、もっと強く擦って……！」

「どこを擦ればいい？」

いちいち訊《き》かないでほしい、判っているくせに。

でも焦らされると弱いのはこちらの方だ、今の私はもう一瞬だって我慢できない。

「全部……！　全部擦って！」

あられもない言葉を口にしながら、自ら両足をオルベウスの腰に巻き付けて腰を揺すった。

ただでさえ女の快楽を教え込まれ、理性を失っている今は、はしたないなんて考える余裕などない。

ただ今は、早く楽になりたい。

互いの肌を打つ音も、かき回されて響く粘着質な音も、オルベウスの息づかいや自分の嬌声さえ、全てに興奮させられた。

「あっ、あっ、あ、ん、あぁ！」

快楽に下がった子宮口がオルベウスの先端に口づけるように貼り付く。

コリコリとしたその場所を抉られるように突き上げられると、薬が与える刺激とは全く違うビリビリと背筋を駆け上がる強烈な快楽に、頭がおかしくなりそうだ。

身体中の神経がむき出しにされたみたいで怖い。

両腕ですがりつく私の抱擁が解けそうになるくらいの勢いで、オルベウスはひと突き、ひと突きを重く腹の内に響かせる。

繋がった場所から空気を含んで攪拌《かくはん》され、白く泡だった互いの体液が吹きこぼれて互いの肌を濡らした。

彼を咥え込んでいる私の中は、まるで別の生き物のようにうねって、その形さえはっきり判るほどに隙間なく絡みついている。

とっくの昔に我を忘れている私に、彼は言った。

「約束しろ、アステア。私から逃げること、他の女を宛がうこと、そして違う男に身体を開くことはしないと。他のことなら大抵のことは笑って許せるが、この三つだけは許さない」

「あっ、ああ、んっ！」

「判ったのか？」

もはや問われていることの半分も理解できないまま肯いた。

直後喘ぐ唇を塞がれ、乳首をひねられ、子宮口を抉るようなさらなる重く痺れるひと突きを加えられて再び頂点へと駆け上がっていく。

壊れた人形のように身体が幾度も跳ねる。

狂ったような快楽の中、オルベウスは何度目か忘れるほどの熱を吐き出した。

ネジが切れたように私が力尽きたのは、どれくらいの時間がすぎてのことかしら。

ぐったりと身を投げ出した私の中で、オルベウスは最後にもう一度己を解放した。……完全に私が意識を失う寸前にうっすらと耳に愛の言葉が聞こえたような気がしたが、それを認識する前に私は全てを手放したのだった。

第三章　あなたの愛の理由を教えて

ゼクセンにいた頃に、ヴァルネッサの若き国王は、人望に溢れた情の深い性格であると同時に、苛烈で冷酷な一面もあると聞いていた。

でも実際に彼に会ってみると、一体どのあたりが苛烈で冷酷なのだろう。

ヴァルネッサへと訪れオルベウスに会ってから今まで、ずっと彼の性格について囁かれる噂の意味を理解できずにいた。

確かに食えない性格だけど、私にはひどい対応をしたことはなかったし、身代わりがバレた時も寛大すぎると思うくらい寛大で、苛烈だとか冷酷だとか感じることは一度もなかった。

だから、よくありがちな噂が一人歩きしただけなのかと考えた。

噂と実際の当人との印象に乖離《かいり》があるのは、そう珍しい話ではない。

王として冷酷な判断をしなくてはならないこともあるだろうから、多分何かそんな出来事があった時のことが大げさに語られて、噂になっただけではないかとすら思いかけていた。

……つまり、私は彼の真意を疑いながら、侮ってはいけない相手だと理解しながらも、同時に油断してしまっていたみたい。

噂は正しかったのよ。

オルベウスは間違いなく、苛烈で冷酷な王だ。

そうでなければあんな容赦ない責め立てができるわけがない。

あれから半日がすぎても、まだ私の足腰は立たない。

全身が鉛のように重く、無理に動こうとしても腰から下が麻痺したみたいに力が入らなくて、ストンと落ちてしまう。

おかげでベッドの上の住人である。

そんな有様になって、つくづく思い知った。

「……シャリテ。ベラ。……私、側室の件、考え直すわ。二度とこの件には手を出さない。陛下を怒らせてはダメ……」

「……そうですね。その方がよさそうです……」

「懸命なご判断です」

嵐のような快楽がすぎた今、私を襲うのは身体の不自由さ以上に恐怖である。

結局あの後、解放されたのは疲れ切って意識を失った頃だ。

外はすっかりと暗くなり、もう二、三時間もすれば日付が変わるような時刻だったらしく、オルベウスが部屋へやってきたのはもうすぐ夕方になろうかという頃だったから、つまり半日近くまで抱き潰されていたということになる。

途中からはとっくに薬の効果なんて切れていただろうに、それすらも判らなかった。

あんな薬と凶暴な性欲を隠していたなんて恐ろしすぎる。

オルベウスの容赦ない一面はシャリテとベラにも伝わったらしい。

というのも、私たちのやりとりは隣の別室で控えていた二人にも筒抜けだったから。

寝室から私の悲鳴のような声は延々と聞こえるし、壊れそうなほど軋《きし》むベッドの音は響くしで、オルベウスの声が低くて逆に聞こえづらかったせいで、二人は私が殺されてしまうのではないかと戦々恐々としていたらしい。

ようやく落ち着きを取り戻したオルベウスに、

「仕事があるから戻るが、後の世話は頼む」

と呼ばれて寝室に向かえば、そこはまるで戦場の後のよう。

乱れに乱れまくった寝台でぐったりと身を投げ出している私の姿に驚いて、介護に突入とあいなったわけである。

この時の出来事をきっかけに、私たち三人は共通の認識を持った。

オルベウスを怒らせることだけは駄目だ、と。

信じられる？　あの人、私を散々抱き潰した後で仕事に戻ったのよ、一睡もせず！

そんな体力お化けのような男との身代わり結婚を命じたことを、私がシャリテに本当の意味で心から謝罪したのはこの時である。

「オルベウスを籠絡しろ、なんて無責任なことを言って本当にごめんなさい。大事な妹を生贄に差し出すところだったわ」

「お姉様……」

大事な妹、という一言に反応してシャリテがじーんと瞳を潤ませる姿をベラが呆《あき》れ顔《がお》で見つめていた、というのはまた別の話であった。

と、それはともかく。

この調子なので私が体力を取り戻すまでにしばらくの休養が必要になった。

もちろんその間もオルベウスは毎晩通ってきたけど、さすがに自分が無茶な抱き方をした自覚はあるみたい。

「体調が戻るまでは無理に抱いたりしないから、安心して寝ろ」

「……ということは、体調が戻ったらまたあんな抱き方をする……ということですか」

すっかり怯えた眼差しを向ける私にオルベウスは意味深に笑う。

「お望みなら付き合ってやってもいいが？」

「ご、ご冗談を。またあんな抱き方を繰り返されたら、早死にします。妻を寝台で殺すつもりですか」

「それは困るな。あなたには長生きしてもらわなければならん。まあ、ほどほどにしよう」

できれば、ほどほどどころか、あの薬はもうやめてほしい。

ガタガタと怯えた子猫のように震える私にオルベウスは満足そうに笑い、背を擦りながら宥め、私を抱き込むように眠りに就いた。

オルベウスの広い胸は、温かくて心地よい。

男女の深い触れ合いには翻弄されるけれど、こうして静かに抱き寄せられて眠りに就くのは不思議な安心感がある。

多分私は、自覚する以上に心も身体もこの夫に馴染んできているのだろう。

その胸元に顔を埋めて、ゆっくりと息を吸うと、身体中に広がる彼の匂いに恍惚《こうこつ》とした。

(……私、この人が好きなのかしら?)

側室を探そうとしたけれど、今となっては本当に自分がその存在を気持ちよく受け入れられたかどうかは非常に怪しい。

だって他の女性が自分と同じように彼に抱かれて眠る姿を想像すると、腹の内が焦がれるような嫉妬を覚える。気付かないふりを続けるのもそろそろ限界みたい。

最初から何度も言うけれど、オルベウスは魅力的だ。

王としても、男性としても。

もしかすると一目惚れしていたのは自分の方かもしれない。

……なんて恥ずかしすぎるの、私。

だけどそれを認めるのは、やっぱり悔しい。

もう少し、この気持ちは隠していてもいいかしらと思う、せめて彼の方から愛の言葉を囁いてくれるようになるか、私が気持ちを伝えなくては我慢できなくなるまで。

ほどなくかすかな寝息を漏らし始めた頃、オルベウスが目を開き、頬にかかる髪をそっと払いのけながら、愛おしげに唇に口づけられたことに、私は気付かなかった。


そしておよそ三日後。

完全とまでは言えないまでも、やっと日常生活に支障がないくらいには復活した。

……そう復活までに三日を要したのよ、体力お化け、恐ろしすぎるわ!

「体調はどうだ、随分顔色もよくなったようだが」

朝食の席、フッと意味深な笑みを浮かべながら問う夫に、腹の中はどうであれ表向きは華やかに微笑み返す。

「お陰様で、軽く動く分には問題なさそうですわ。まさか三日もかかるとは思いませんでしたけど。ええ、三日も！」

「では三日ぶりに王妃の仕事をしてもらおうか。今すぐ急ぐものはそう多くないが、いくつか任せたいことはある」

三日も、と強調してやったのにあっさりと躱《かわ》されていささか不満だが、やるべきことはやらねばならない。

それに正直、王妃としてちやほやされながら必要最低限のことだけをして、夜に夫を迎え入れるだけの生活は、私にはそれしか価値がないと言われているようでもあった。

でも一応は外国から嫁いできたばかりの身だから、あちらの出方を見ようと待っていたのだ。

オルベウスの申し出はまるで私の思考を読み取ったかのよう。

本当に侮れないわね、この人。敵には絶対に回したくない。

この時、彼から提示された私への仕事は三つ。

いわば王妃様入門編ってところかしら。

「一つ目は孤児院への慰問。王都には大小十二の孤児院があって、親のない子どもたちが養育されている。国の母としてその子ども達の様子を見てやってほしい」

「それならゼクセンでもやっておりました。子どもたちと力の限り遊んでもいいのかしら?」

「念のため確認するが、あなたの言う力の限りの遊びとはどんなものだ?」

「そうですね、かくれんぼ、追いかけっこは定番です。他には石蹴り、カード遊び、木登り競争なんてどうでしょう。あら、そうすると動きやすい格好で行かなくちゃ」

「その必要はない、王妃という以前に淑女としての品位を保ち、怪我《けが》をする心配のない遊びに留《とど》めておいてくれ」

一瞬だけオルベウスの表情が真顔になったわ。最後のは本当に駄目なやつだったみたい。

ゴホンと咳払いを一つ、彼は続ける。

「二つ目は国内貴族の把握。これは仕事というより、勉強と考えた方がいいだろう。他国から嫁いできたあなたは我が国の貴族の勢力図をまだ正確には把握できていないだろう。後日教師を送る」

「はい、その点についてはこちらからお願いできればと思っていました」

「三つ目が、社交。目的はともかく、先日のお茶会のように貴族夫人や令嬢たちとの交流を深めてほしい。彼女たちとの会話の中から有益な情報があれば、私に知らせること」

目的はともかく、と強調するところがさりげなく側室騒ぎのことを根に持っているわね。

もうしないわよ、お薬を用いての快楽責めは心身共にダメージが大きすぎて、本当に懲りたから。

それに先日のことは私も少し反省する部分があった。

得体が知れないとか、男性不信とかで言い訳や小細工をする前に、もう少し自分の夫を理解する努力をするべきだったのではないか、って。

……だって私は、別に彼を傷つけたかったわけじゃないのよ。

側室を探していると知った時の悲しそうな彼の顔は、それなりに堪えた。

あれならまだ怒られた方がマシかもしれない。

「畏まりました」

だから私は肯いた。

その返答に、逆にオルベウスが少し驚いたみたい。

「なんだ、随分素直だな。また何か企んでいるのか？」

だからってそれをストレートに訊くのはどうかと思いますけどね！

「何も企んでいません。ただ少し反省はしました。……この間のことは、あなたを傷つけるつもりではなかったの」

「普通に考えても新婚の妻が内密で側室の目星をつけているというのは、男として傷つくと思うがな」

やっぱり根に持っている。

いい加減しつこいわよ、って言いたいけど、冷静に考えればそれだけ酷いと思われることだった、ってことよね。

「……ごめんなさい。本当に、もう二度としません」

再びオルベウスを傷つけることは本意ではない。それにお薬も怖い。

私の謝罪が心からのものと判ったのか、ようやくオルベウスは手打ちにする気になったみたいだ。

フッと彼の口元がほころぶ。これまで見た一番柔らかな笑みで。

「判ってくれたのなら、それで……」

「ですから、もし他に気になる女性ができたら事前に教えてくださいね。私なりにそれ相応の覚悟をしますから！」

「寝室に行くか？　どうも私の気持ちが上手く伝わっていない気がする」

ひぃっ、と小さな悲鳴が漏れた。

「嫌です！」

「だがよかっただろう？　あなたは随分乱れていたではないか」

否定できずにカアッと赤くなる。

「そ、それとこれとは別の話ですから！」

ぶんぶんと首を横に振る、もういや、お薬は嫌！

はあ、とオルベウスからそれはそれは長い溜息が漏れた。

「なら、私を煽《あお》るようなことは言うな。あなたの意識改革にはもう少し時間がかかりそうだな。まあいい。今日、この後は何か予定はあるか？」

「いいえ、何も」

意識改革って何かしらと思いながらも、それを口に出して問わないだけの分別はある。

……尋ねて余計にこじれさせてはならない、という危険忌避行為とも言うけれど。

「なら外出する支度をしなさい。妹君も連れてくるといい。どうせあなたたち二人は、共に城下を歩いたこともないのだろう?」

「えっ……」

「あいにくと充分な時間が取れずに申し訳ないが、それでも城下を案内してやれるだけの時間はある。私が誇る王都であり、あなたが守る民が築く国の都だ。ここがどんな場所か、まずはその目で見て、確かめてほしい」

この時、私はすぐに返答ができなかった。

嫌だったわけじゃない。

その逆……私は、彼のこの言葉がとても嬉しくて、不覚にも感動してしまったのだ。

だってそうでしょう?

今、この人「あなたが守る民が築く国」って言ったのよ。

国は王や貴族ではなく、民が築く。私はその民を守る人間だって。

私を王妃として認める、こんなに相応しい言葉が他にあるかしら。

それに、シャリテも一緒に連れて行っていいって。

今まで私たちが姉妹として共に行動する、そんな当たり前のことすらできなかったことを気にしてくれたのね。

……この人はこういうところが上手いし、ずるいのよ。

「……はい、すぐに。支度をしてきます」

言い様席を立ち、一礼を残して急いで部屋に戻る。

ついさっき王妃として認めてもらったばかりなのに淑女とは言いがたい落ち着きのない行動だけど、仕方ない。

あのまま礼儀正しくゆっくり動いていたら、泣いてしまいそうだったのだもの。

でも私が泣きそうになったことなんて多分お見通しね。

「慌てすぎて転ばないように」

そう背にかかるオルベウスの声は、笑いを堪えているように聞こえた。


そうして部屋に戻った私は、シャリテと共に支度をした。

もたもたしている間に相手の気が変わってしまったらと思うとのんびりしていられない。

こちらの準備が調った頃、部屋に迎えに来たのはオルベウス本人と、もう一人、近衛騎士でフィンリーと名乗る青年だ。

フィンリーは私が部屋の外へ移動する際にはいつも付き添う、私の護衛騎士の隊長でもある。

今回の外出には彼も付いていてくれるらしい。

もちろん護衛は彼だけではなく、他にも十名ほどがつく。

国王夫妻の護衛としては十人でも少ないのではと思ったけれど、今回はお忍びという形で城下に降りるため、大勢の護衛は却《かえ》って目を引くことと、オルベウス自身が護衛騎士以上に腕が立つことからこれで充分だと聞いた。

「容姿に恵まれ、身体もよくて腕も立って、その上政治的手腕もある。他国の王族から恨まれたことはありますか？」

真顔で尋ねると、オルベウスも真顔で答えた。

「そうだな、隣国の王からは蛇蝎《だかつ》のごとく嫌われている」

それってお父様のことね。

隣で恐縮していたシャリテと目が合うと、殆ど同時に笑ってしまった。

主に行動するのはこの四人で。

他の護衛は少し離れたところから付き従う格好で、私たちは王都散策に出た。

思えばシャリテと共に行動するだけでなく、こうして自分の足で王都の石畳を歩いて移動するのは初めての経験だ。

馬車で通りすぎるだけの時とは違い、見え方も感じ方も全く違って、それだけでも楽しい。

「あれは何？　あの人は何をしているの？　向こうには何があるの？」

「お姉様、あちらのお店に可愛い子犬の置物があります！　向こうでは道に直接商品を並べていますよ！」

私もシャリテも大はしゃぎだ。

二人で手を繋いで、あっちも、こっちもと目を向けてきゃあきゃあと騒ぐ姿は町娘と変わらないに違いない。

「こら、二人とも、物珍しいのは判るが、もう少し落ち着いて歩きなさい。よそ見をしていると人にぶつかるし、迷子になるぞ」

今日のオルベウスはまるで私たちの保護者みたいだわ。

私たちがふらふらーっと目に付く色々なものに引き寄せられるたび、後をついて回っては説明したり案内したり連れ戻したりと忙しい。

王都を散策できたのは二時間くらいのことだけれど、私たちは野に放たれた小鳥のようにつかの間の時間を大いに楽しんだ。

そうして思う、ヴァルネッサの王都は本当に美しいと。

街並みはゼクセンに比べれば少し大雑把《おおざっぱ》だけれど、その分機能的に作られていて彩りに溢れている。

要所には芸術性の高い像や建築物が建てられ、民の憩いの場や目印となっているし、行き交う人々も色々な国籍を持っているみたい。

ゼクセンでは外国人の出入りを制限していることもあって、これほど多種多様な土地からやってきた人を目にすることは殆どない。

特に私の目を引いたことが三つある。

「この町には路地で蹲《うずくま》る人の姿が見えないのですね。貧民街はないのでしょうか」

ゼクセンの王都では少し道を逸れると、そんな人々が必ずいた。

説明してくれたのはフィンリーである。

「まだ王都に限ってのお話になってしまいますが、貧民街はありません。オルベウス陛下の御代《みよ》になってから、陛下は孤児院と救貧院、そのほか職業斡旋《あつせん》所や訓練所などの民の保護と自立に向けてお力を注いでくださっています」

「嫌な匂いもしませんね。街がすごく綺麗」

「下水道の整備をしているからな。これもまだ王都に限ってのことだが、将来的には国中の下水整備を計画しているし、王都以外の街でも貧民街は無くしていくつもりだ」

続いて答えたのはオルベウスで。

そして、最後にシャリテが目を向けたのは、王都の中央広場に高々とそびえる時計塔だった。

「五十年程前まで我が国はゼクセンとは逆隣の国、ラドリウスの支配下に置かれていた。私の祖父の時代に独立を果たし、その記念として建てられた時計塔だ。王都に住む者は皆、あの時計塔を見て一日を過ごす。王城に次ぐ都の象徴だな」

「……素敵ですね。塔といえば、罪人を閉じ込めるところだったり、見張り台だったりというイメージが強くて、あまりいい印象がなかったのですけれど。この塔は人々の生活の役に立っているばかりか、国のよき時代を象徴するものでもあるのですね」

今日は私とシャリテにとってもいい記念日になりそう。

こんなふうに姉妹として一緒に街を歩けるなんて夢にも思っていなかった。

短い時間だったけれど、本当に嬉しい。

この日、私たちはオルベウスに、

「素敵な旦那様、愛する妻に、少しだけお小遣いをいただけません?」

と妙に芝居じみた声と仕草で苦笑する彼から軍資金をもらい、それでベラや侍女たちへのお土産、そして自分たちの記念にとハンカチとリボンを買った。

私はハンカチ、シャリテはリボン。

それぞれ自分で選んだものを、交換する。

正直、城に呼ぶ御用達《ごようたし》の商人から購入するものに比べれば質は劣るけれど、そんなことは問題ではない。こうしてシャリテと一緒に買い物をしたという事実が大事なのだ。

私が選んだハンカチをシャリテは大切そうにポケットにしまい、シャリテが選んだリボンはオルベウスが私の髪に結んでくれた。

少しばかり不格好になってしまったみたいで、途中でシャリテも手を貸して形を整えてくれて……始終笑顔の私たちを、フィンリーも穏やかな眼差しで見つめている。

「今日は本当にありがとうございます。きっと今日のこの日を忘れないでしょう」

私が礼を言えば、シャリテも涙ぐみながら笑ってオルベウスとフィンリーに頭を下げた。

「ありがとうございます。今日は私の人生で二番目に嬉しい出来事でした」

「あら、一番嬉しいことはなんだったの？」

私が問えば、シャリテは躊躇《ためら》うことなく答える。

弾けるような笑顔で。

「お姉様と出会えたことです」

「……」

「本当ですよ。お姉様がいなければ、あの城で私は今も独りぼっちで過ごしていたか、望まぬ人の元で心を壊した人形のように過ごしていたと思います。お母様を亡くした時は、本当に死んでしまいそうなくらい辛かったけど……でも、お姉様がいてくれたから」

やだ、もう、泣いてしまう。

楽しい一日だったのに、泣かせないでよ。

「全く、あなたたちは。ほら、アステア、こちらに来なさい。フィンリーそっちは頼んだぞ」

お互いに手を取り合って、道のど真ん中でわあわあと子どものように泣き出した私たちにオルベウスは半分呆れ、半分苦笑している。

そのオルベウスに引き寄せられ、私は彼の胸に顔を押しつけて泣いた。

落ち着いた頃シャリテの方を見れば、あちらはフィンリーが自分のハンカチを差し出して、シャリテに寄り添ってくれたらしい。

泣《な》き止《や》んだ後も真っ赤な目をして、私たちは互いを見合うと恥ずかしそうに笑い、そしてまた少し滲んだ涙を拭う。

本当に無謀な計画の結果、この国に来ることになったけれど……私の最初の判断は間違っていなかったと心から思えた出来事だった。

そしてこの日を境に、やっと私は本当の意味でオルベウスに心を開くようになっていくのだった。


さて、思い出深い余暇を過ごした後は、王妃の仕事が待っている。

これまではほぼ義務だと思っていたけれど、短い外出の後は少し気の持ちようが変わった。

改めてこの国でどう過ごすか、王妃としてどうあるべきかを考えるようになったのだ。

「まずはできることからやっていきましょう。早速明後日には孤児院を三つ回るわ。シャリテ、料理長に手土産のお菓子を用意するように伝えて」

「はい。孤児院への事前の連絡は必要ですか？」

「いいえ。今回は抜き打ちで孤児院が正常に運営されているか確認がしたいわ。同じ理由で王妃という身分は伏せて訪問するから、そうね、中流階級の夫人風な衣装を用意して」

「はい。かしこまりました」

「ベラは皆と協力してお茶会の準備をお願い。小規模のサロンを何度か開いて、社交界に影響力の強い夫人から順に招待するわ」

「はい。お任せください」

目標が定まれば、すべきことは自《おの》ずと浮かんでくる。

私だってこれでも王女としてどこの国に出しても大丈夫なよう、幼い頃から教育を受けてきた身ですもの。

困ったらオルベウスに相談すればいいわ。

その時、ふふっと笑う声が聞こえた。シャリテだ。

「なあに、なぜ笑うの？」

「何でもありません。ただ、今、困ったことがあったら陛下を頼ればいいって思われたんだろうなって思って」

「なっ」

図星を突かれて驚いたけど、私が頬を染めた理由はシャリテにその事実を指摘されて微笑ましげに笑われたからだ。

そのシャリテにベラも続く。

「一時どころか、何度もどうなるかと思いましたが、落ち着くところに落ち着きそうでホッとしました。陛下には感謝申し上げなくては」

「ちょっと待って。そこは私の努力の結果でしょう?」

少しだけむくれて抗議する私に、だけどシャリテもベラも訳知り顔で笑うばかりだ。

すると二人以外の侍女たちからも忍び笑いが漏れ始める。

嫁いできたばかりの頃は、当たり前だけどまだ王宮侍女との間には見えない壁のようなものがあって、どうしてもそばにベラやシャリテを置きがちだった。

でも今は、少しずつその頻度を減らし、可能な限り平等に扱うように意識している。

もちろん心から信頼できるのは二人だけど、いざ何かあった時にもっとも近しい人達と壁があるままでは回らない。

何より私はこれから先、生涯をここで暮らしていくのだ。

積極的に仕事を任せるようになって、王宮侍女たちも徐々に打ち解けてきている。

今のところ、オルベウスとの関係もよく、王妃として順調な日々を過ごしているといっていいだろう。

そんな中、二度目の王妃主催のお茶会当日がやってきた。

招待客の一人にシュトラーゼ公爵令嬢、ヘンリエッタも含まれる。

「我が偉大なる国王陛下の伴侶にして国の母たる王妃陛下にご挨拶申し上げます」

顔を合わせるなりそう言ってヘンリエッタはあの優雅なカーテシーを披露してくれたが、その瞳には相変わらず挑発的な炎が宿って見える。

どうやら彼女はまだまだオルベウスの元に侍ることを諦めてはいないみたい。

その勇ましくも見える心意気は素直に感心するわ。

「またお会いできて嬉しいわ、レディ・ヘンリエッタ」

「王妃様のご招待とあらば、どのような予定を差し置いても駆けつけさせていただきますわ。我が国でまだまだ不慣れでいらっしゃることも多くてお困りになることもございますでしょう？　私、お力になれると思いますの」

親切にも聞こえる彼女の言葉の裏に秘められた意味を私はちゃんと理解していた。

何しろこういった言葉の裏に意味を持たせる回りくどい言い方はゼクセンでも普通に行われることで、つまり耐性があるからだ。

ちなみに先ほどのヘンリエッタの言葉の裏をものすごく簡単に訳すと、

『よその国からきた王妃には不勉強なことの方が多いでしょうから、出しゃばらず大人しく従ってはいかが？』

という意味になるかしら。

「まあ、とても頼もしいわ。その時には是非お願いしますね」

「はい、喜んで。こちらには幼少の頃より父に連れられてよく出入りをしており、第二の我が家のようなものです。国王陛下にも大変よくしていただき、知り合いも多くおりますわ。大抵のことならばお答えできると思います」

私たちの周囲で、貴婦人たちが好奇心に満ちた眼差しを向けて寄越す。

彼女たちにも伝わったのだろうか、王妃と公爵令嬢との間で上品なキャットファイトが始まったことを。

王城を第二の我が家だなんて、ここは自分が過ごす場所だと主張したいのかしら。伝手や協力者は私よりも多く、自分に判らないものはないと言いたいのね。

しかしだ。

実際の王妃は私であって、ヘンリエッタではない。

それを認めず、分《わきま》を弁えない言動をするならば喜んで迎撃して差し上げましょう。

私は売られた喧嘩《けんか》は買う主義なのよ。

「まあ、大変頼もしいお言葉ですわ。レディ・ヘンリエッタの未来の旦那様はさぞ心強く思われることでしょう。私も一日も早く打ち解けることができるよう努力せねばなりませんね」
※訳『どうぞあなたの力を必要とする、相応しいお相手と幸せになって。そのうちあなたの伝手も知識も私には不要となるでしょう』
「あら、まだ王妃様は嫁がれたばかりですもの。無理はなさらずごゆっくり馴染まれるとよろしいですわ、それに私はまだ結婚は焦っておりませんの。いずれ素晴らしいご縁があると信じておりますので」
※訳『嫁いできたばかりのくせに大きなことを言わずに大人しくしていらっしゃったらいいか

が。それに私はまだ国王陛下のおそばに上がることを諦めてはいませんからね』
「そうですね、美しい花のお年頃の公爵令嬢ともなればご縁はいくらでもございますものね。是非その際には教えてくださいね、私からもお祝いを差し上げたく思いますわ」
※訳『花盛りの時期は短いわ、公爵令嬢ともあろう方が花の時期を逃さないようご注意遊ばせ。お早めに手近なところで手を打たれてはいかが、是非祝福させていただきますよ』
……とまあ、建て前と本音が複声で流れる有様である。

お互いに一歩も引かないが、最後に勝利するのは私よ。

だって私は王妃ですもの。

「あらいけない。ついヘンリエッタ様を引き留めてしまったわ。どうぞお席にご案内いたしますわね」

ヘンリエッタが唇を閉ざしたタイミングで、すかさず侍女に目配せした。

私の優秀な侍女はこのような雰囲気にもかかわらず、慌てず騒がずしずしずと公爵令嬢に歩み寄ると、別のテーブルへと彼女を案内していく。

同じテーブルの貴婦人が小さく吹き出すように肩を震わせたのは、ヘンリエッタが完全にこの場から離れた後である。

「さすがですわ、あのレディ・ヘンリエッタを黙らせるなんて。そんな方、私初めて見ました」

この方はバートン侯爵夫人ね。

「私もです。いつもは公爵令嬢が格下の令嬢を黙らせる場面ばかりですから、本当に痛快です。こんなことを申してはいけないのでしょうが、少しスッキリしました」

続いて他の令嬢や夫人たちも追随する。

どうやらヘンリエッタの振る舞いを日頃から苦々しく思っている者が相当数いるみたいね。

同席している貴婦人たちの話によれば、やっぱりヘンリエッタは以前からもっとも有力な王妃候補と噂されていて、本人もそのつもりで振る舞っていたのだという。

時にはその行いが目に余ることもあったらしいけど、公爵令嬢、それも未来の王妃となれば逆らえる者も注意できる者もなく、私が来る前の社交界はヘンリエッタの独壇場だったのだと。

オルベウスに対しても随分積極的に振る舞っていたそうだ。

もっとも彼自身は、妙な期待を持たせるような言動をしたことは一切ないらしい。

結局王妃が云々《うんぬん》と言うのは彼女の思い込みだったのだと皆は笑ったが、彼女が増長したのは、そう思わせて窘《たしな》めなかった周囲の者たちの責任が重いと思う。

実際に身分的にも年頃的にも彼女が最有力だったのは間違いないのだから。

「でもお気をつけください、王妃様。あの方もお家も、まだ諦めてはいらっしゃいませんわ。たとえ側室でも先に王子殿下をお産みすればまだまだ挽回《ばんかい》できるとお考えのようですもの」

「私は王妃様を応援しております。頑張ってくださいませね」

「幸い王妃様は陛下のご寵愛も深くていらっしゃいますもの。きっとお元気な王子殿下に恵まれます」

それにしてもなかなか強い圧ね。

嫁いだ女性は大なり小なり子どもを産むことを期待されるものだけれど、一国の王の元に嫁げばその重圧はかなりのものになる。

私がもう少し真面目な女性だったら、まともに受け止めてプレッシャーに押しつぶされそうになっていたかもしれないわ。

そこに助け船を出すように口を挟んだのは、さきほどのバートン侯爵夫人だった。

「皆様、ご期待なさるお気持ちは判りますがまだ王妃様は嫁いでいらして日が浅くていらっしゃいます。過度な期待はかえってご負担でしょう。それに陛下のご寵愛が深いからこそ、しばらくはお二人のお時間をお持ちになるのも素敵なことです」

なるほど、社交界でヘンリエッタに続いて発言権を持つのがこのバートン侯爵夫人みたいね。

「お気遣いをありがとう。お子のことは、いつかよき時期に神が授けてくださることでしょう。それよりも、今は皆様から色々なお話を伺いたいわ。バートン侯爵夫人の仰るとおり、まだ日が浅くて知らないことも多いの」

話が逸れて、貴婦人たちは次々と最近話題の噂話や、この国独自の習慣について教えてくれるようになる。

だが今回のお茶会でもっとも役に立ったのは、女性たちの派閥や力関係だ。

それらを記憶に刻み相づちを打つ私を、別のテーブルからヘンリエッタが鋭く見つめていた。


王妃が、シュトラーゼ公爵令嬢を相手に一歩も引かなかった、というお茶会での一戦は、瞬く間のうちに社交界に広まった。

貴族たちの反応は大きく二つに分かれる。

シュトラーゼ公爵派の者たちは苦々しく受け止め、日頃からの令嬢の言動に不快感を抱いていた者たちは、肝の据わった王妃の態度を歓迎した。

話を聞いたオルベウスの反応はと言うと後者だった。

「聞いたぞ。先日の茶会では見事にヘンリエッタを返り討ちにしたそうではないか」

「返り討ちだなんて人聞きの悪い。普通にお話しさせていただいただけです」

日はまだ高い。

昼食を終えて少し過ぎた頃で、オルベウスが仕事を切り上げるにはまだまだ早い時間だ。

それにも関わらずこの王様はちょいちょい執務室を抜け出しては私の元へ顔を出す。

それを私は甘んじて受け入れるのだけど、顔を合わせた途端にこの台詞《せりふ》である。

お茶会はつい先日の話なのに、もうオルベウスの耳に入ったのね。

「そのようなお話をなさるためにいらっしゃいましたの？」

「まさか。今、時間はあるか」

「陛下のお誘いとあらば、何を置いても優先いたします」

「いい心がけだ、少し付き合いなさい」

どこかへ行くつもりなのか、オルベウスが手を差し出してきた。

首を傾げながらもその手を取れば、彼は私を部屋から外へと連れ出す。

向かった先は王妃の庭だ。

私の部屋の窓からも眺められる庭は、色とりどりの夏の花が咲いてその目を楽しませてくれているけれど、オルベウスが連れて行く先はもう少し奥、大きく枝を張った木々の木陰、ちょうど窓からは木の陰になって見づらい場所だった。

一体わざわざこんなところまで連れてきて何があるのかと思ったけど、目を向けて飛び込んできたのは鈴なりに咲き乱れる青い花である。

するすると伸びた茎の先に釣り鐘型のたくさんの小さな花をつけたその花は、一般的に風鈴草と呼ばれるもので、開花条件が合えばいたるところで見られる花だ。

それが今王妃の庭の一角を埋めている。

ここのところお茶会だったり勉強だったり孤児院の慰問だったりと庭をゆっくりと眺める時間を取れていなかったから、ここにこの花が植えられていることに全く気付いていなかった。

「ここにこんなにたくさん咲いているとは知りませんでした。私の好きな花です」

「知っている。だからここに植えさせた」

「そうだったのですか？　でも私、風鈴草が好きだとお話したことがありましたか？」

無意識のうちに首を傾げていた。

記憶を探っても、好きな花の話をした覚えがなかったからだ。

「人に聞いたんだ」

ということはベラかシャリテにでも聞いたのだろうか。

どちらにしてもオルベウスが自分のためにわざわざ花壇の一角に植えてくれたのだとしたら悪い気はしない……もっと素直に言うならば、嬉しい。

見栄えのする、例えばバラだとかユリだとかと比べると素朴な花だけど、慎ましく清楚なこの花は私にとって特別な花だった。

「陛下は私が喜ぶ場所へのエスコートがお上手ね」

先日の城下散策といい、この花といい、どうやらオルベウスは私が思う以上に私のことを気にしてくれているみたい。

「なぜ、この花が好きなんだ？　何か思い入れでもあるのか？」

「別にたいした理由はありません。ただ、少し思い出があるというか。……シャリテの母親のお墓を飾っていたのが、この花だったんです」

シャリテの母親のことを思うと、今でも少し胸が痛む。

お母様はお父様に色目を使った恥知らずな女だと言うけれど、私にはいくら考えてもやっぱり気の毒な女性だと思うのだ。

ただ見目のよい娘だという理由だけで王の目を惹き、強引に愛妾にされ、それなのに保護されることも娘が認知されることもなかった。

かといってお父様が執着して手放すことを嫌ったから城の外へ出してもらうこともできず、王に囲われたまま亡くなった。

城を出ることができたのは死んでようやくのことで、彼女の遺体は王都の共同墓地に埋葬されたが、シャリテがそこへ行くことは叶わなかった。

「だから城の裏庭の目立たない場所に、二人で小さなお墓を作りました。シャリテの母親が生前使っていたハンカチを埋めて、小さな石を立てただけの墓とも言えないものでしたけど、あの子の心のよりどころになるかと思って」

そして少しでも慰めになればと植えたのが、この風鈴草である。

毎年この時期になると、たくさんの小さな青い花が墓を彩る。

きっと今年も咲いているだろう。

唯一の気がかりは墓をそのままにしてきてしまったことだけど、下手に荒らすよりはなすがままにしておく方がいいのかもしれない。

どのみち慰めに作ったもので、その下にシャリテの母は眠っていないから。

「いつか王都の墓地に墓参りに行かせてあげられたらよかったのですけれど。結局その機会もないままここに来てしまいました」

「そうか。しかるべき手続きを取れば墓をこの国に移動することはできると思うが」

申し出は素直に嬉しいけれど、それを決めるのは私ではない。

「いつかあの子が望んだ時には相談させてください。これ、少し摘んでもよろしいですか？」

「あなたの花だ。好きにするといい」

言いながら、オルベウスが懐から短剣を差し出してくる。

これを使えと言うことなのだろう。ありがたく受け取って、丁寧に茎を切った。

「ありがとうございます。シャリテもきっと喜ぶわ」

ここへ来てオルベウスからは色々な贈り物があったが、嬉しい贈り物や経験の中に、また新たにこの花も含まれた。

私の笑顔にオルベウスは感慨深そうに目を細め、そして呟く。

「美しいな」

「本当に綺麗に咲いていますね」

「花もそうだが、あなたの事だ」

花よりもあなたの方が美しい。

そんな褒め言葉は定番で、使い古されたものと言ってもいい。

これまで何度耳にしたか覚えていない。

それなのに、オルベウスの言葉に一瞬口ごもり、腕に抱えた花に顔を隠してしまった。

じわじわと頬から耳にかけて、熱を持つのが判る。

自分でも奇妙なくらい、気恥ずかしくて堪らない。

「あなたは時々、随分可愛らしい反応をするな。もう少し顔を見せてくれないか」

「……嫌です」

「見たい」

「嫌です」

嫌、嫌と言いながら、逃げるように部屋へ戻ろうとする。

でも戻るためにはオルベウスの隣を抜けなくてはならないから、無駄な抵抗だ。

案の定私はあっさりと捕まって、花ごとその腕に抱え込まれた。

「離してください、早く花瓶に入れてあげないと」

「なら少し大人しくしていろ。そう、こっちを向いて」

頬を手で包まれ、上向かされるとすかさず唇が重ねられる。

その口づけはいつもの貪るようなものとは違い意外なほど優しくて、なんだか却って気恥ずかしい。

この人は、なぜこんなに自分に甘いのだろう。

何を考えて、私と接しているのだろう。

……本当に、私を愛してくれている？

離れた唇を追うように、閉じた瞼をそっと上げる。

視界に彼の赤い瞳が映る。

それが再び記憶の何かに触れるような感覚がした。

（……私はやっぱり、この瞳を知っているのではないかしら）

赤い瞳の持ち主と、これまで自分はどこで会ったことがあるのだろう。

それをようやく思い出すことができたのは、その日の夜。

夢の中での出来事だった。


それは私が十二か、十三か、それくらいの年頃だっただろうか。

我ながら可愛らしい少女時代だったと思う。

王家特有の豊かな金髪と宝石のような碧眼は、まるで職人が人生最高の技術を詰め込んで作り上げたビスクドールのようだと賞賛をあびていたし、まだ幼い子どものあどけなさを残しながら、年頃の娘に成長しつつある絶妙な年頃だ。

その頃には既に国内の貴族家はもちろん、周辺国からの求婚状も山ほどあった。

そのいずれも縁談が進まなかったのは、私自身が、

「結婚はしたくないわ。できる限り長くお父様やお母様と一緒に過ごしたいの」

と、実に可愛らしい娘を演じて強請《ねだ》ったからだ。

本音では「結婚はしたくない」の言葉の前に「あなたたちのような」という一言を隠していたけれど、言わないだけの分別はある。

娘に甘い両親は願いを聞き入れてくれた。

結婚は娘が望む時期に望む相手とすればよい。

少なくともその点に置いてはいい両親だったと思う。その優しさと慈悲の心を、せめて十分の一でもシャリテにも向けてくれれば、私は結婚に幻滅などせず、両親に失望することもなく、もっと早くにどこかへ嫁いでいたはずだ。

でも両親の、とりわけお母様のシャリテへの行いは娘から結婚への憧れを奪い去るほど手酷《てひど》いものだった。

本当に虐待としか言いようがない。

いっそこのまま死んでも構わないとすら考えているようなお母様の振るまいが、そしてその行いを知りながら見て見ぬフリをしているお父様の無責任さが恐ろしかった。

その時も同じだった。

シャリテが死んだ母親から唯一譲り受けた形見のネックレス。

ずっと大事にして、必死に隠していたそれが運悪くお母様に見つかってしまった。

お母様はあろうことかそのネックレスをシャリテから無理矢理取り上げて、捨てた。城の庭の大きく深い池の中へ。

その一部始終を私は見ていた。

シャリテはすぐに池の中に飛び込もうとしたけれど、それよりも早くにお母様付の侍女に乱暴に腕を掴まれてどこかへ引きずられていった。

きっと捜しに戻ることができないように、絶え間なく仕事をさせるつもりだろう。

日が暮れるのを待ち、人目のなくなった頃に私がその池にやってきたのは、シャリテのためもあるけれど、お母様にこれ以上惨《むご》い罪を重ねてほしくないという気持ちもあったから。

幸い、お母様の腕力ではそう遠くまで届かない。

池の中心は深くとも、落ちたあたりはまだそれほど深くはないはずだと、靴を履いたままドレスの裾をたくし上げ結んで、小さなランタンの明かりを頼りに池の中に足を踏み入れた。

途端に足元が滑ってひっくり返ったのは、池の岩にびっしりとこびりついた苔《こけ》のせいだ。

「……最悪」

一瞬にしてずぶ濡れになった上に、池の中にゴロゴロ転がった岩や石が痛い。

恨めしい気分だったが、逆にこうなれば、と腹も括れた。

幸いランタンは水の中に落ちるのを死守したので、改めて恐る恐る立ち上がり、さきほどよりも慎重に記憶しているあたりへ歩を進める……背後から声がかかったのはそんな時だった。

「無茶なことをしているな、お姫様」

ハッと振り返っても、すぐにその声の主を見つけることはできなかった。

と言うのもその人は頭から足の先まで真っ黒な衣装で、夜の闇に同化していたからだ。

「だ、誰?」

「こんな時間にこんな場所で捜し物なんて、下手をすれば明日の朝発見されるのはなくしたペンダントではなく、王女殿下の水死体だ」

呆れた口調で近づいてきたのは、青年だった。

年頃は二十歳になったかならないか。

暗くてその顔はよく見えなかったけれど、見知らぬ青年に対する恐怖よりも、腹に響くようないい声だと思ったことを思い出す。

「なぜ、捜しているものがペンダントだって知っているの?」

「それはもちろん、昼間の出来事を見ていたから」

「……あの場所にはあなたのような人はいなかったと思ったけど。あなた、誰?」

「誰でもいいだろう。人手は一人でも多い方がいい。このあたりだったか?」

ざばざばと、濡れることも厭《いと》わず自らも水の中に入って、当たり前のように共に捜し始めた人の姿に驚いた。

「なぜこんなことをするの？」

「逆に尋ねるが、なぜあなたがこんなことをする？　あなたの持ち物ではないだろう」

「……別に、一部始終を見ていたのに知らんぷりは気持ちが悪いだけよ」

「私も同じだ。次の日溺死体が発見された、なんてことになったらさすがに寝覚めが悪い」

「さっきから、水死体だの溺死体だの、勝手に人を殺さないで」

口ぶりからその青年は私が王女であることも、昼間の一連の出来事も、ペンダントが誰のものでどんな曰くがあって、そして投げ込んだ人物が誰であるのかも全て理解しているようだった。

（こんな人、城にいた？　私を王女だって知っているのに畏まる様子もないわ）

でも、内心こんな夜にたった一人、水の中で捜し物だなんて無謀だと自分でも判っていた。

静まりかえった夜は怖いし、ガサガサと時折風に揺られて木の葉が立てる音さえびくっとしてしまう。

ランタンを掲げても水の中は暗くて殆ど何も見えず、手を突っ込んで手探りしても掴むのは硬い石ばかりで、落ちた場所の記憶もあやふやだ。

それでも今捜すしかない。

明日になってしまったら、ますます判らなくなるし、誰かが拾ってしまうかもしれないから。

「あなたの母親は苛烈だな」

「……お父様が悪いのよ。無責任なことをするから」

もはや全てを承知している相手に隠し事をする気にもなれず、終わりの見えない作業の気を散らすために素直に口を開く。

「連れて行かれた少女は妾の子らしいな。あなたは憎く思わないのか、母親を苦しめた女の子だろう?」

「……お母様がそれ相応の振る舞いをなさっていたら、きっとそう思ったわ。でもお母様はやりすぎよ。……私と同じ年頃の子どもを殴りつける姿を、当たり前だなんて思いたくない」

これも違う。

またこれも違う。

手にあたるものを一つ一つ拾い上げていくけれど、全部違う。

今が夏でよかった、もっと寒い時期だったらとっくに凍えていただろう、と思った瞬間、ポツリとランタンで照らされた黒い水面の上に雫が落ちた。

これは何、とびっくりした。それは私の目から溢れ出た涙だったから。

私は知らないうちに涙をこぼしていたみたい。

自覚すると止まらなくなる。

情けなくて、悲しくて、身体に貼り付く服も、手足に纏《まと》わり付《つ》く水の感触もみんな気持ち悪くて、なんで私はこんなことをしているのだろう。

「……お父様は、なんで知らんぷりできるのかしら。お兄様は教えてくれないの。あなたなら判る？」

「男は女よりも心が幼いところがある。面倒なことから逃げられるものなら逃げたいんだ」

「自分で、やったことなのに？」

「もちろん全ての男がそうじゃない。ただ中にはそういう男もいる、ということだ」

「……あなただったらどうする？」

「そうだな。私なら、私のしたことで妻があんなふうに変わってしまったり、娘を泣かせたりすることを思えば、そもそも他の女に手を出すなんてできないだろうな。……ほら、あったぞ。だから泣くな」

「えっ」

ざばっと青年が自ら引き出したその手に、確かにペンダントがあった。

鎖が切れているけど、ランタンの明かりで確かめてみても、それ以外に傷らしい傷はない。

「……どうやって見つけたの？」

「別に。落ちた場所を把握していただけだ。あの手前の木と、左手の特徴のある岩との対角線上を辿ればいい。ネックレスの素材は金とコランダムでそこそこ重みがあるから、今日のような風のない日なら、多少のさざ波程度ではそう大きく流されることはないだろう」

「……えっ、なに？　あなた実はどこかの国の密偵？」

近くで見ていた私ですら、落ちた場所さえうろ覚えだというのに、どこから見ていたかも判らない青年がペンダントの材質や石、挙げ句落ちた場所を正確に把握しているなど普通の人間にできるとは思えない。

とたん警戒しながら距離を取ろうとする私に青年は肩を竦めてみせた。

「細かいことは気にするな。終わりよければ全てよし、だ」

正直、ものすごく怪しくて胡乱《うろん》な眼差しを向けてしまう。

でも、彼のおかげでペンダントは見つかったし、これ以上無謀な捜し物をせずに済む。

綺麗に拭いて、鎖を変えればシャリテに返してやれるだろう。

今度は決して見つからないように隠し場所を一緒に考えてやらねば。

「……判りました、では余計なことを訊くのは止めておきます。あなたのこともここで忘れるわ。……世話になりました、ありがとう」

片手にランタン、片手にペンダントを握っているし、濡れた姿で水の中では上手にカーテシーができない。

だがそれでもできる限り礼を尽くす私に、青年は笑ったようだった。

そして……不意に顔を近づけてくる。

それまで暗いのと、わざわざ顔を覗き込むことがなかったせいで気付かなかったけど、ここまで近づかれればその顔立ちは見えた。

綺麗な整った顔の持ち主だと思った覚えはある……だが、既に何年も前のことで記憶が曖昧になって、どんな顔をしていたかは思い出せない。

ただ……そう、一つだけはっきりと思い出したことがある。

彼の瞳は、赤かった。

ランタンに明かりを灯《とも》す、その火の色よりもずっと。

そしてその青年は、印象的な瞳を向けたまま、私の頬に口付けを落としたのだ。

「あなたは、そのまま大人になるといい」

そう、一言呟いて。

第四章　続・陛下の寵愛が重すぎる

「本当に陛下ときたらお人が悪くていらっしゃるのね。妙に隠し立てなさらずに、最初に全て教えてくださったら私だってもっと違う反応ができたのに！」

翌日、オルベウスとの朝食を済ませたのち、私の方から話があると彼を誘って王の書斎へと移動し、ソファに向かって座るなりそう言った私の言葉は、当然ながらオルベウスはすぐには判らなかったらしい。

「人が悪い、とは何を指して言っている？　私はあなたに常に誠実に振る舞うよう心がけているつもりだ」

「私、これでも結構悩んでいたのです。陛下のお心が全く判らなくて」

「私の心は早い内にあなたに告げていたはずだが」

「初対面だと思っている相手に愛しいだの何だの甘い言葉を言われてもすぐに信じられるわけがないでしょう？　あなたが私をご存じだったのは、七、八年位前に私が池でペンダントを捜していたあの夜に手伝ってくださった方が、陛下だったからですよね？」

ここで僅かな間が落ちた。

オルベウスの顔をじっと見つめながら、奇妙に背筋が伸びるのは、らしくもなく緊張しているからだ。

多分間違いないと確信しているけれど、もし違うと言われたらもうお手上げである。

そんな沈黙がどれほど続いた後だろう。

「いつ、思い出した？」

にっ、と口の端を吊《つ》り上げてオルベウスが笑った。

その赤い瞳が実に楽しげに細められていて、夢に見た青年の瞳と重なる。

やっぱり、と天を仰ぎたくなった。

「夕べの夢で。ずっと何か忘れていて、思い出せないような気はしていたのです。でも仕方ないでしょう？　まさか一国の王……いえ、当時はまだ王太子殿下でいらしたのかしら。そんな方が敵国である城の夜の池で水底さらいをするなんて思わないじゃないですか」

すると彼は声を上げて笑った。

確かに、と何度も頷きながら。

「だが私から言わせれば、一国の王女が夜中にこっそり池の中で捜し物をするとは思わないだろう？　あんな誰もいないような場所で万が一のことがあったらと気が気ではなかった」

「じゃあ、やっぱりあの時の人は陛下だったのですね」

「ああ」

「私の記憶では、ゼクセンとヴァルネッサとの王室の交流はもうずっと行われていなかったはずです。なぜあの時城にいらしたの？　……まさか王太子自らが偵察ですか」

オルベウスは否定しない。

そのまま笑みを深める彼の反応に、くらっとめまいに襲われるような感覚がした。

一体どこの国の王子が自ら他国、それも当時はまだまだ緊張が漂う国の城に偵察で忍び込むというのだ。

「確かに当時王家の交流は行われていなかった。その証拠に隣国だというのにあなたと私が正式に王族として顔を合わせたことはなかっただろう？」

「ええ。顔を合わせてきちんと挨拶していたら、さすがに忘れません。あなたはとても目立つ人ですから」

「あなたもだ。一度会ったら絶対に忘れない」

どこか甘い、意味深なオルベウスの眼差しと言葉に、頬が一気に熱くなる。

なぜそう、視線一つ、言葉一つに色気を込めるのよ。

心臓に悪くて、調子が狂って仕方ないでしょう。

これまでのように丸め込まれたりしないぞ、と毛を逆立てた猫のように警戒する私に、オルベウスは言葉を重ねた。

「だが細かい点を修正するなら、王室同士の交流はなくとも国同士の交流は最低限行っていた。お互いに使者をやりとりする程度にはな。我が国とゼクセンとは国境を隣接するが故に共有しなくてはならない問題ごともあった。解決しようとするたびに戦争を起こすわけにもいくまい」

「……それは、確かにそうですが」

「私はその使者の中に紛れ込ませてもらっただけだ」

「はい？　紛れ込ませてもらったって……王太子が、身分を隠して？」

「当たり前だろう」

何を言っている、と言わんばかりのオルベウスに、私は額を押さえる。

「それって……バレたらまずいですよね？」

「花嫁の身代わりがバレるとまずい程度にはまずいな」

またそれを引き合いに出され、恨みがましく睨む。

オルベウスだって私に負けず劣らず無謀な真似をしているじゃないの。

「まあ、怒るな。それもまた過ぎたことだ、お互いに水に流そう」

「水に流したと思ったものが、何かあるたびに回収されて目の前に突き出されるのですけれど、それは流したことになるのでしょうか？」

「再利用というやつだな。経済的で大変良い」

「偉そうに、庶民的なことを言わないでください！　……まあ、もういいです、あなたと違って隣国の王太子の侵入に気付かなかった我が国も悪い。そもそもどこの国でも密偵のやりとりはしているものですから、それが王子だったかそうでなかったかの違いでしょう」

「理解が早くて助かる」

「その潜入中にあなたが我が国について色々と調べたことも理解しました。私や妹のことも、とっくにご存じだったのはそういうことですね」

それならば一目で露見しても仕方ない。

「ですが、判らないのはその後です。なぜ私をお望みになったのです？」

「そこからか」

「ええ。それこそゼクセンの王女であればシャリテでもよかった。庶子だろうとなんだろうと王の血を引いていることは確かですし、あなたはそれを知っていたのですから」

「アステア。あなたは本当に、男心というものを判っていない！」

力一杯、未だかつてないくらいきっぱりと言い切られて絶句した。

ぱちぱちと目を瞬かせている間に、今度恨みがましい視線を向けてくるのはオルベウスだ。

「私は今まで何度もあなたに伝えているはずだ。愛しい妃、妻はあなた一人でいいと。それがなんだ、王家の血がどうだの国がどうだの、挙げ句には身代わりだの、そんなものはどうでもいい。私があなたを望んだ理由はただ一つ、惚《ほ》れたから。それだけだ」

「は……？」

またもや奇妙な沈黙が落ちた。

惚れた。その一言を頭の中で繰り返す。

つまり、それはオルベウスが私を女として好きだから、ということ？

けれど嫁ぐ以前に私たちが顔を合わせたのは、あの池での出来事一度きりだ。

あの時私はまだ十二か十三。

オルベウスは十九か二十歳くらいにはなっていたはず。

ということは。

「……もしや、陛下は幼女しゅ……」

「何か？」

……やめておこう、余計なことを言って墓穴を掘るのは。

人間、触れない方がいいこともあるのよ。

貝のように黙り込んだ私に、彼は何度目かも判らない溜息を吐く。

「言っておくが私にそんな趣味があれば、その翌日には縁談を申し込むぞ」

「……それは、まあそうですね」

「大人になるのを待っていたんだ」

「……それはどうも、お気遣いいただきまして……」

何とも奇妙なやりとりだが他に言いようがなかった。

「私もその後即位したり、国内の平定をしたりと色々と慌ただしかったからな。最近になってようやく迎え入れる準備が調ったからというのもあるが」

「……その前に私がよそに嫁ぐことになったら、どうなさったんです？」

「攫《さら》ったな」

「…………深刻な国際問題にならなくて良かったと、胸を撫で下ろすばかりです」

やだ、この人、ちょっと怖いかもしれない。

「アステア」

「……はい」

思わず返事も畏まってしまった。

そろそろ部屋に戻ってもいいだろうか。

でもオルベウスは私を逃がすつもりは少しもないらしい。

「こっちへこい」

それどころか両手を広げて歓迎ポーズだ、なんだろうその長年の想《おも》いを伝え合った恋人同士が抱擁を求めるポーズは。

「いえ、私はここで……」

「何だって？」

広げられた両手に気付かぬフリをして、一人分の距離を空けて彼の隣に座り直した。

でもすぐに横から伸びたオルベウスの腕に攫われて、あっという間に彼の膝に乗せられる。

「あなたは男心を弄ぶのが上手いな」

「……弄ぶも何も、その男心に気付いていなかったというか……」

「私があれほどアピールし、言葉でも伝えていたのにか」

「いきなり結論から言われても、過程が判らないとちょっと察するのは難しいというか」

もはや、今の私は怖い人に抱っこされ、毛を逆立てて怯える子猫の心境である。

えらい人に捕まってしまった感がひしひしと漂うのは、間違いなく気のせいじゃない。

「なぜそんなに緊張する？　初めて触れ合うわけでもないものを」

「ええと……」

それはもう、一歩間違えればこのまま抱き潰されて夜明けコースが頭の中をよぎるからだ。

なんとか話と雰囲気を変えなくてはと、混乱する頭で考えた。

先ほどまでの勢いはとうの昔に消え去っている。

「わ、私のどこがそんなに、お気に召したのでしょう？　池でのことなんて、ほら、お世辞にも綺麗でも賢くもなくて、むしろみっともない姿だったでしょうし！」

「みっともない姿であるのにも構わず、妹の大切なものを捜そうとする姿が、心にきたな」

何がきたのかまるで判らない。

「父親を無責任だと責め、母親の所業に涙するところも可愛いと思った」

「び、美化しすぎでは？」

「あと、夜の闇の中で晒されたすんなりした両足も印象的だった」

「やっぱり幼女しゅ……ひゃっ！」

抗議するように首筋に吸い付かれて小さな悲鳴が上がった。

気がつくといつの間にか腹に回っていた彼の手がさわさわと怪しい動きを見せ始め、片方の手がドレスの上から胸を包み込んでいる。

まだ朝のプライベートな時間だからと硬いコルセットを身につけていない自分を少し後悔した。

「あの、陛下、ちょっと待ってください」

「待てない」

「お仕事がおありでしょう？」

「子作りも、王の立派な仕事だ」

何を言っても全く聞く気がないオルベウスは、胸を揉みながら、もう片方の手でドレスのスカート部分をたくし上げて、その下から私の両足を露わにしてしまう。

大きな手の平がドロワーズの裾からも潜り込み、太腿を撫でられるとぞくぞくっと這《は》い上がる甘い刺激に背筋が強ばった。

「待って待って！」

「あまり大きな声を出すと、何事かとカルヴァンが飛び込んでくるぞ？」

「っ……！」

ここは書斎だ。

もちろん誰でも出入りが許されている場所ではないが、補佐官のカルヴァンを始め幾人かは入室が許されている。

鍵が掛けられていない以上、誰か人が来る可能性は充分にある。

「ひどい、こんなところで！」

「睨まれるとより一層興奮するな。あなたの反応がいちいち可愛すぎる」

「変態なの⁉」

つい、言葉を取り繕うことも忘れた。

不本意だとオルベウスは首を横に振ったが、その顔は相変わらず笑ったまま。

気がつけば胸元のリボンは解かれ、背中の隠しボタンが外されて、ドレスの前身頃が落ちかかっている。

「し、信じられない、こんな朝から……！」

「惚れた女の前では男は大抵獣だ、まして新婚だからな。諦めろ」

言い訳をするならば、一応私は抵抗した。

書斎は仕事する神聖な場所であって、淫らな行為に耽《ふけ》る場所ではない、と。

でも無駄だった。

すっかりその気になってしまったオルベウスを止められるはずがなく、結局あれよあれよと言う間に美味しくいただかれてしまう羽目になるのだった。


後で聞いた話、この時の書斎でのアレコレは廊下にダダ漏れになっていたらしい。

一応情報漏洩《ろうえい》を防止するために、王の書斎はそれなりに厳重に防音が施されているそうだけど、想定以上に私の声が高く響いていたらしく……それもこれも全てオルベウスのせいよ。

そのおかげで王の王妃への寵愛はさらに広く知れ渡ることとなったらしい。

広まり方があまりにも嫌すぎる。

「羞恥の炎で焼かれそうよ‼」

「でも、陛下の側室になりたい、という声は随分収まったと聞きますよ」

嘆く私に、フォローになっているのかいないのか微妙な慰めをかけたのはシャリテだ。

そんな話、聞いたことがない。

「なあに、それ。どこからの情報？」

「えっ……それは……」

そこでなぜかシャリテが口ごもる。

じっと見つめると、嘘やごまかしが下手な妹の視線が露骨に泳いだ。

怪しい。

口を挟んだのはベラだった。

「最近、シャリテ様は護衛騎士の方と親しくしていらっしゃるようですから。そちらからお聞きになったのではないでしょうか?」

どうやら図星だったらしく、シャリテの頬から耳にかけて一気に赤く染まった。

「護衛騎士ってもしかしてフィンリー?」

「あ、うう……」

フィンリーは近衛騎士で、私の護衛を担当している。

先日城下に降りた時にも一緒についてきてくれた青年で、ものすごく見栄えがする容姿というわけではないけれど、物腰の落ち着いた優しく、真面目な青年だ。

そういえばあの時もシャリテのことを気遣ってくれていたわね。

私がオルベウスとペアになるから、自然とシャリテの相手をしてくれていたのだとあまり気にしていなかったけれど……ふうん?

そういうこと。知らない間にやるじゃないの。

思わずにんまりと笑みが零れた。

「別に、その、あれからちょっとお話をする機会が増えただけで、特別なことは何も……」

「あら、いいじゃない。フィンリーなら私も反対はしないわよ。ただ可愛い妹の相手になろうっていうなら、どこかでちょっと話をする機会を持たないと駄目ねぇ」

「お姉様！　違いますから！」

可哀想に、シャリテはすっかりその顔を真っ赤に染めている。

少しからかいすぎたかと肩を竦めた。

「冗談よ。でも、フィンリーに限らず、誰か特別な人ができて、この人ならと思ったら迷わず自分の将来を考えなさい。できるだけ早いほうがいいわ」

シャリテが少し複雑そうな顔をする。結婚を急かされているように感じたのだろう。

「私がおそばにいてはいけませんか？」

「そうじゃないのよ。私が心配しているのは、ゼクセンのお父様とお母様のこと。今は静かだけど、私を失って、他に王女という駒が必要になった時にあなたを使おうとするかもしれない」

シャリテは私の侍女としてヴァルネッサにとどまっているけれど、本来は言うまでもなくゼクセンの人間だ。

身代わりのままオルベウスとの婚姻が成立していたら両親もうかつに手出しできないでしょうけど、結局私が正式に嫁いでしまったため、現時点でシャリテの身元が浮いている。

それがずっと私の懸念事項だった。

「ゼクセン国籍のシャリテを国に返せ、とお父様が正式に要求してきた場合、オルベウス陛下はそれを受け入れなくてはならない。ゼクセンの人間に対してヴァルネッサの王は何の権利も持たないから。できてせいぜい時間稼ぎね」

「そんな……」

「ただ、例外はある。あなたの国籍を理由にお父様が口を挟めるのなら、その国籍を違う国に変えてしまえばいい。そのための手段が結婚よ。妻の国籍は夫の国籍に準じるから、シャリテがヴァルネッサの男性と結婚すれば、私も陛下もあなたを守れる」

「……」

「両親がそのまま関心を失っていてくれればいいけれど、万が一の可能性もあるでしょう？　あなたが邪魔だとかそういう理由じゃないわ」

でも、おかしな男に引っかかっても困る。

そういう意味でもフィンリーはよい相手だと思うのだ。

「まあ、だからってあなたの意思を無視するつもりはないわ。他に気になる人がいるならそれでもいいし、もちろんさらに他の国に渡って生きる道を選ぶのでもいい」

「……私は、できればお姉様の傍にいたいです」

「私もそれがいいと思うわ。だから少し考えてみて？　その上であなたが幸せになれる手段を考えましょう」

しばらくシャリテは黙り込んでいたけれど、やがてこくりと頷いた。

ただ、やっぱり少し悩ませてしまったみたい。

考え込んでいる様子の背中を見てしまうと、本当に罪悪感が湧く。

我が王家にあの子は人生の殆どを良くも悪くも振り回されっぱなしだから。

……でもだからこそ、この先の未来は自分で選んでほしいと思うのよ。

一方で私とオルベウスとの関係はというと、実はあれからそんなに表向きは変わっていない。

オルベウスはあの調子で私をからかったり転がしたりするし、私は私で高飛車に振る舞ってみたり、言い返してみたり。

でも確実に見えない部分で何かが変わった。

例えばそれは私の彼への気持ちだったり、彼の私への接し方だったり。

一番大きく変わったのはオルベウスからの愛情表現を私が疑わなくなったことかしら。

だってあんなにはっきりと惚れたと言われてしまっては……ねぇ？

ああ、駄目だ。

考えると顔が赤くなってしまう、恥ずかしい。

私がそうやって照れてしまう様子をオルベウスもどこか楽しんでいるふうである。

時にはわざとこちらが反発したくなるようなからかい方をしては、ご機嫌を取るように甘やかしてくるのだからどうしようもない。

寵愛を隠しもしないし、なんなら人前で堂々とのろけてみせたりもする。

この日もそうだった。

「最近、王妃様のサロンにお招きいただけるのがとても楽しみですの」

これまで何度か開催したお茶会で、すっかり親しくなったバートン侯爵夫人がはにかむように笑えば、他の貴婦人たちも続く。

「王妃様がいらっしゃる以前は、シュトラーゼ公爵夫人やご令嬢が主体のお茶会ばかりでしたし……それが悪いとは申しませんが、なんと言いますか、好き嫌いがはっきりなさっていて」

つまりはシュトラーゼ公爵家の貴婦人たちに気に入られるかそうでないかで、社交界での立ち位置が大きく変わってしまい、なおかつ不利な立場になっても挽回も難しい状況だったということのようだ。

特に公爵令嬢は既に自分が王妃になるものとして、そのような振る舞いを徹底していたらしく、気に入られるために無理をする者も少なくなかったのだと。

その点、私は人の選別はしても、それほど激しく区別はしていない……と思う。

もちろん、バートン侯爵夫人や他の女性たちの私を持ち上げる言葉は、王妃の機嫌取りと言う意味も多大に含まれているだろうから、その全てをまともに受け止めるつもりはないけれど。

そのシュトラーゼ公爵令嬢は、まだオルベウスの妃の座を諦めたわけではなさそうだ。

これまでは私を牽制《けんせい》する素振りを見せていた彼女が、とうとう擦り寄るような言動を見せてきたのも、この日の出来事だった。

「王妃様。恐れながら私たちは何か誤解があると思うのです」

改まって二人きりで話がしたいと言うので、同じテーブルについていた貴婦人たちが気を利かせて別のテーブルへと移動してくれた後のことだ。

誤解と言っても何のことやら。

とりあえず相手の言い分を聞いてみることにした。

「私は、王妃様から陛下を奪い取ろうなんて大それたことを考えているわけではございません。むしろこの先、王妃様が背負われるだろうご苦労や重圧が少しでも軽くなるようにお助けしたいと思っているのです。重たい荷物も二人で持てば楽になりますでしょう?」

一応は機嫌を取るため、普段の挑発的な眼差しは自重しているつもりらしい。

私が黙って耳を傾けているのをいいことに、ヘンリエッタの主張は続いた。

「どうか王妃様から陛下へ側室のご進言をいただけませんか? 私は王妃様の次で構いません。この国で唯一絶対の国王陛下をお支えする柱が複数存在すれば、その分国は安定すると思うのです」

ものは言いようね。

確かに王を建物の主柱と考えるなら、王妃はその負担を軽減する第二の柱。

国を支える柱は一本よりは二本、二本よりは三本と数を増す毎にしっかりと支えることができるという主張だ。

でもそれはあくまで、柱が己の立場を全うすればの話よ。

己の立場を忘れて、他の重要な柱の位置を奪おうとするようでは、却ってぐらついて国そのものが共倒れしてしまう。

「側室の話については、私にその権限はないわ。お決めになるのは陛下です」

「ご謙遜を。陛下の妃たちの管理は、王妃様のお役目ではございませんか」

「陛下はそれをお望みではないとのことなの。陛下が望んでいないのに無理強いできる力は私にはありません」

「……で、ですが、王妃様のご負担を軽減させることは陛下にとっても利のあるお話ではと思います。陛下の血を継ぐお子は多いに越したことはございませんし……」

パチリ、と私は手元で羽根扇を閉じた。

ハッと口を噤んだ彼女に、微笑んでみせる。

「ねえ、レディ・ヘンリエッタ。私が知る限り、過去に王妃と側室が友好的な関係を保っている例は少ないわ。なぜかご存じ?」

王が複数の妃を持つことは珍しくない。それどころか王の血筋を残すためには必要なことと、積極的に行われてきた。

しかしその妃同士がよい関係を保てた例がどれほどあるか。

「多くの場合、母親であれば我が子を王位につけたいと願うわね。母親に野心があればなおさらのこと、国によっては王子同士で殺し合い、生き残った者が王位を継ぐなんて血なまぐさい話もよく聞くわ」

「それは……でも、それはあくまでよその国のお話ですわ」

「そうかしら。仮にあなたを側室に迎え、私たちにそれぞれ王子が生まれたら、私は躊躇いなくあなたの息子を排除することを考えるわよ？　だってそうよね、我が子が一番可愛くて、黙っていると我が子の居場所が奪われてしまうかもしれないのだもの」

ほら、もういい関係なんて無理じゃない？

「大体二人以上の女がいて、女同士争い合わずに済むのは互いに相当に信用しているか、有用性があるか、あるいは興味がないかのどれかよ。私は最初から一つしかないものを上手にシェアできるほど、できた人間ではないって気付いたの」

少し前まで自ら側室を探す気満々でいたくせにどの口が言うか、と自分で自分にツッコミを入れながら、しかし仕方ないだろうとあっさり開き直る。

人の心とは移ろうものなのよ。

オルベウスに二度と側室を宛がうような真似はしないと約束してしまったし、何より今は私が許せそうにない。

しかしヘンリエッタはなおも食い下がる。

「そのお考えには賛同いたしかねますわ。王妃という国の頂点に立つ女性としてあまりにも視野が狭いと言わざるを得ません」

「仮に一つの椅子しかなく、私たちはお互いにその椅子に座りたくてしかたない。一時ならともかく、四六時中長い間半分ずつ仲良くくっついて座っていられる？　うっとうしいと思うでしょ。膝の上に子どもを抱えているならなおさらよ」

「陛下を椅子にたとえるのですか？　それはあまりにも不敬だと……」

「いいや。我が妃の尻に敷かれるならそれもいいな」

突然割って入った第三者の声に、はっと息を呑んだのはヘンリエッタだけではなかった。いつの間に背後に忍び寄ったのかオルベウスがそこにいて、反射的に振り返った私ににやりと口の端を吊り上げてみせる。

とたん、私以外の全員が立ち上がると王に向けて一斉にお辞儀をした。

圧巻とも言える彼女たちの動作に、手を振って止めさせたのはオルベウス本人だ。

「少し立ち寄っただけだ、楽にせよ」

その言葉に応じて貴婦人たちも元通りに席に座り直すが、それまでの雰囲気とは一変して皆がオルベウスに意識を集中させているのが判る。

せっかくそれぞれ好きに話をしていたのに、と軽く咎《とが》める視線を向けた。

「……陛下。女性の集まりに予告もなくいらっしゃるなんて」

「許せ、急にあなたの顔が見たくなったのだ。日に何度かはその顔を見ないと落ち着かなくて困る。そうしたら面白そうな会話が聞こえてきてな」

言い様に王妃の頬に口づける王の姿に、まあ、と周囲から小さな声が上がる。

皆、素直に王の王妃への寵愛に感じ入っている様子だ。

ヘンリエッタ以外は。

「支える柱が多いに越したことはない、という話だったか。確かに一理あるな」

どこかばつの悪そうな様子だったヘンリエッタの顔に喜色が浮かぶ。

しかしそれもごく僅かな間のことだ。

「だがうかつに柱を乱立させれば見通しが悪くなる。その柱の陰でよからぬ企みを画策する者もいるだろう」

「そ、そんな……違います、私は決してそのようなことは」

はあ、と深い溜息を吐いたのは私だった。

笑顔はそのままに、彼女を見れば私の目が笑っていないことにすぐに気付いたらしい。

途端に強ばる彼女に、私は言った。

「ねえ、レディ・ヘンリエッタ。あなたさっきから、ずっと反論や否定ばかりね。私はもちろん陛下の言葉にさえ。そんな有様で、本当に国を支えられるの？」

「それは、でも……」

「ほら、また。柱になるというのは他者よりも多くの自己犠牲と自制心が必要よ。自分の意に添わないことには我慢できないあなたに、その自制心があるとは思えないの。だから、この話題はもうやめましょう？　あなたにはもっと相応しい役目があるはずだわ」

すかさず私の言葉の後にオルベウスが続く。

「この際、はっきりと申し伝えておくが私は側室を娶《めと》るつもりはない。国を支えることを望むならば私の妃としてではなく、有能な臣下を支える存在となってくれ。それが回り回って私と国のためになる」

王ではなく、他の男に嫁げと。

幼い頃から王妃となることを期待されて育てられた娘に告げるには、さすがに少々酷な言葉にも思えたけれど、同時にきっぱりと余計な期待を断ち切る方が優しいとも言える。

「将来、腹の違う王子同士で王位継承問題を勃発させるつもりもない。そなたの父母にもそのように伝えよ、以降、王の妃について言及は不要だと」

それでもなお食い下がるようにヘンリエッタは口を開き掛けたけど、結局は何も言わずに俯きながら黙り込んだ。

さすがについ先ほど、反論ばかりねと指摘されて同じことを繰り返すのは、あまりにも学習能力がなさすぎると思ったのだろう。

細かく肩を震わせる姿は実に頼りなげで、その肩を支えて大丈夫かと声を掛けてやりたくなる青年は多くいるだろうが、残念ながらここは王妃のサロン、オルベウスの他は女性のみだ。

女性たちのヘンリエッタに向ける視線は必ずしも好意的ではない。

それは彼女がこれまで皆にどう接してきたのかが推し量れる光景だった。

結局その日のサロンは早々に終了となった。

オルベウスが退出すると、ヘンリエッタが見世物のようになってしまったので、私が解散を告げたからだ。

「本日はこれまでとしましょう。また日を改めてお誘いいたしますわ。それと今日ここであった不名誉な出来事や会話を外で無闇に広げるのはやめてちょうだい。これはお願いではなく命令です。いいわね？」

皆の顔に緊張が走る。

バートン侯爵夫人を筆頭に、その場にいる全員が承諾を示すように私へと頭を下げた。

これでヘンリエッタは必要以上に外で恥を掻かずに済むはず。

もしこの場での出来事が後日社交界に流れるようならば、それは王妃の命令に背いた何者かがいるということだ。

徹底的に潰させてもらうわ。

これは公爵令嬢への貸し一つよ。

それに他の貴族令嬢たちもヘンリエッタすら側室には望まないとオルベウスに退けられてしまったのだから、ならば自分がと手を上げることもできないはずだ。

「陛下としてはお望み通りの結果になりましたか?」

サロンを解散した後、オルベウスの執務室へと赴いて問えば、オルベウスはいつもの含みのある笑みで肩を竦めて見せた。

「元々側室は不要だと私は繰り返し告げていた。それにも関わらず、周りがあれこれ先走っているだけだ。これで釘を刺せたのならそれでいい」

先ほどの出来事はオルベウスにとっても、改めて己の意思を主張できる都合のいい展開だったということね。

「だがまあ、これで結果的にあなたによりいっそう強いプレッシャーがかかることになってしまったが、それは大丈夫か?」

プレッシャーとは何か。

もちろん、必ず子を産まなくてはならない、という重責だ。

「子は天からの授かり物ですから、絶対にとはお約束できませんけれども、努力はいたします」

「模範的な回答だな。だが、あなた自身はどうだ?」

「どう、とは?」

「私の子を産むことに不満はないか？」

思わず目を丸くしてしまった。

あれだけ私に執着して、周囲にも隠さぬほどに寵愛しているくせにそんなことを問うの？

「なぜそのようなことを？」

思った通りのことを素直に問えば、オルベウスは苦笑する。

いつもの少し意地悪な笑みとは違う、いささか引け目のある笑みに見えた。

「一応、これでもあなたを強引に妃にした自覚はあるからな。私はあなたに妃になってもらえて嬉しいいし、授かったなら子を産んでほしいとも思っている。だが、それが私の一方通行の感情を押しつけているのなら、とも思うんだ」

私の手元で、陶磁器のカップが静かにソーサーへ戻される。

二人の間に下りたのは沈黙だ。しかしその沈黙はそう長くは続かず、すぐに破られた……私自身の一言によって。

「呆れた。いまさらですか？」

言葉と共に本当に呆れたと言わんばかりの眼差しを向けられて、オルベウスはばつが悪そうに肩を竦めた。

そんな彼に、ふう、と溜息をこぼす。

「はっきり申し上げて、本当にいまさらです。それに陛下からの求婚にこれ幸いと自分の都合を重ね合わせて、逆に利用しようとしたのは私自身なのですから、そのようなことをお考えになる必要はありません」

「……」

オルベウスが言い淀むのは珍しい。

少なくとも私はここに嫁いできてから初めて見た。

「陛下。折角《せっかく》ですから言わせていただきますが、私はあなたに本当に感謝していますし、ここに来てよかったと心から思っています。ゼクセンにいた頃より幸せです」

「本当に?」

「嘘は吐く時は吐きますが、今は吐いていません。本当ですよ」

じっとこちらを見つめてくるオルベウスの赤い瞳を、私もじっと見つめ返す。

直後、二人はほぼ同じタイミングで小さく吹き出すように笑った。

「アステア。あなたは国に戻りたいか?」

「それもまた唐突なご質問ですね。お答えするなら『いいえ』です。先ほども一方通行の感情と仰っていましたが、もしかして今頃になって私に縁談を申し入れたことに罪悪感を覚えていらっしゃいます?」

オルベウスが苦笑する。どうやら図星らしい。

でも私に言わせれば彼が罪悪感を抱く必要がどこにあるだろう、と逆に疑問だ。

「私は王女ですから、政略結婚はあって当然のことと承知しています。確かに陛下には戸惑わされることも多いですが、だからといって不遇な扱いをされているわけでもないし、逆にとても良くしていただいています。陛下がお気になさることは何もないと思います」

「私との結婚に不満はないと？」

「先ほども幸せです、と申し上げましたわ。陛下は私に何を言わせたいの？」

本当は、なんとなく判っている。

思えば彼は私に愛の言葉を告げてくれたけれど、それに対してまだしっかりとした返答をしていない。

きっと彼は、その答えがほしいのだ。

「あなたの気持ちが知りたいんだ。アステア。これから先も私の妻として隣にいてくれるのか、私の子を産んでくれるのか、生涯を共に過ごしてくれる気持ちがあるのか」

案の定、彼はそう告げる。

「我ながら気が早いと思う。まだ結婚してそれほど日も経っていない。本当はもっと気長に待つつもりだったし、待てると思っていた。だがどうしてだろうな、今、私はあなたと過ごす日々が楽しくて仕方がない」

「楽しい、ですか」

「そうだ。あなたは言うことも、その行動も、私が知る誰とも違う。突拍子のないところがあると思えば、妙に理性的なところもあるし、慈悲深いと思えば、妙に冷めているところもある。冷静に考えて、あり得ないことをされたようにも思うのだが、つい許してしまう」

それが何を指しているかは判る。

身代わり結婚のことを言っているのだ。

この件に関しては不問としてくれているが、まあ確かにとんでもないことよね。

人生最大の黒歴史だわ。

でもその黒歴史なくして今の私はあり得ない。

「大胆なところもあれば慎重なところもあり、図太いかと思えば可愛らしいところもある。あなたを見ていると毎日が飽きない。次はどんなことをして、どんなことを言うのかあなたから目が離せない」

「……どうしましょう。喜んでいいのか怒った方がいいのか、反応に困ってしまいます」

「私も困っている。だからそれと同時に不安にもなるんだ。あなたはその気になればあっさりと自国から飛び出したように、私の元からも飛び立ってしまうのではないかと気が気ではない。それだけの行動力がある人だから、自由なあなたを見ていたいのに、逃げないように縛り付けたくもなる」

本当に困った。

オルベウスの自分への執着は認識していたつもりだけど、どうやら私が思っていた以上みたい。

正直、かなり変わり者好きだと思うのだけど……でも、そう言われて悪い気がしていない自分がいる。

「逃げませんから、縛り付けるのは止めてください。あなたは私を随分奔放な女とお考えのようですが、実際はそれほど先進的な女というわけでもありません」

「そうだろうか」

「そうです。私だって人の女ですもの。大切にされれば情が湧きますし、愛されれば愛し返したくなります。愛しい夫と共に過ごして、その人の子を産み育てて、共に生涯を終えたいと思うくらいには、普通の女のつもりです」

「……その、愛しい夫とは？　誰のことだ」

「まあ。おかしなことを仰るのね、私に夫は一人しかおりませんのに」

本当は、もっと素直に言葉を返してあげられればいいのだと思う。

愛していると言ってくれた彼に、同じように私もあなたに惹かれていると。

ただ、今の私はまだほんの少し意地っ張りで、その言葉を素直に言えない。

もう少しだけ待っていてほしい、いつかこの気持ちがつまらない意地なんてどうでもよくなるくらい、大きく膨らんで自然と溢れ出るまで。

だから今は、自ら立ち上がると彼の隣へと移動し……そして、その肩に身を寄せる。

頭を寄りかからせると、ほんの少しオルベウスがピクッと身を揺らした。

けれど程なく彼の手が私の肩に回って……そして私たちはどちらからともなく顔を近づけ合うと唇を重ねる。

嵐のように奪う口付けでも、触れ合うだけの初々しい口付けでもない、しっとりと互いの唇を合わせながら体温と感触、そして気持ちを交わし合う口付けだった。


この時オルベウスと過ごしていた私は知らなかった。

シャリテの元に、密《ひそ》かに国から手紙が届けられ……その手紙の内容に異母妹が見る間に顔色を青ざめさせて、しばらくの間身動きもできなくなっていたことになんて。

第五章　その溺愛は歴史に残る

「……決めたわ。私、これから毎日朝夕、庭を一巡りするわ」

突然のこの宣言には、私なりの理由がある。

オルベウスとそれなりによい雰囲気で心を交わし合ったまではよかったけれど、それ以来寝室での彼の行為にさらなる熱が籠もるようになってしまったからだ。

夕べもそう。

遠慮なしに抱き潰され、意識を失うように眠り込んでやっと目覚めた翌日、慣れ親しみたくないのに、腰を中心に襲ってくる重だるい感覚に慣れつつある我が身が怖い。

そう、私の身体は慣れつつあるのよ。

あの体力お化けの王様の閨事に！

そのおかげかだんだん身体の関節も柔らかくなって以前ほど痛くないし、体力も付いたように思う。

でもはっきり言うわ。

こんな体力の付け方はだいぶ恥ずかしい。

どうせ体力を付けるならもっと健全な手段にしたい。

そう思ってのお散歩宣言よ。

「よろしいと思いますよ。適度な運動は美容にもいいと聞きますし、健康にもいいですから」

そういいつつも、そのベラの眼差しがどこか生温《なまぬる》く見えるのはきっと私の気のせいではないわよね。

どうせ毎日飽きずによくやっているわね、とか思っているに違いないのよ、きっとそうよと頬を膨らませながら控えている侍女たちの顔ぶれを見やって私は気付いた。

「シャリテはどうしたの？　あの子がいないなんて珍しいわね」

するとたんにベラは困ったように目を伏せて答えた。

「ご報告が遅れてしまい申し訳ございません。実は少し体調を崩していらっしゃるようなのです。昨日の夕方頃まではお元気でいらしたのですが、夜になって急に体調が優れないと仰って」

「大丈夫なの？　典医は呼んだ？」

「いいえ、ご本人がしばらく休めば大丈夫だからと。少し顔色も悪かったようなので、今日はお休みしていただいています。季節の変わり目ですし風邪を召されたのかもしれません」

「そう。大きな病気でなければいいのだけれど……今日一日様子を見て回復しないようだったら、一度お医者様に診てもらいましょう。ベラ、悪いけど気に掛けてあげてくれる？」

「はい。もちろんです」

この時点で私はまだシャリテの体調不良をそこまで深刻には考えていなかった。

幼い頃から恵まれた環境とは言えない中で育ったシャリテだけど、幸いに今まで深刻な病にかかったことはないし、これまでは特に変わった様子もなかったからだ。

実際、次の日には再び仕事に復帰していたし、ベラの言うとおりたまたま季節の変わり目で体調を崩しただけなのだろうと思っていた。

でもそれが間違いだったことを知るのは、それから数日がすぎてからのことである。

その報《しら》せは、ある日突然ゼクセンの父の勅命を受けた使者によってもたらされたのである。

「このたび、ゼクセン王国マクシミリアン王の勅命により、シャリテ第二王女殿下をお迎えに上がりました。シャリテ王女殿下にはラエル王国との縁談が持ち上がっております。速やかに国へお戻しください」

恭しく頭を下げながらも、どこか値踏みするような眼差しを向けてくるその使者の顔を私は知っていた。

いつも父の傍らに控え、その機嫌を取るのが上手い外務官を務めるルボア伯爵だ。

私に対しては表向きは恭しく接しながらも、その裏では美しいだけが取り柄の頭の足りない王女だと嘯《うそぶ》いてことを知っているし、シャリテのこともせっかく王の血を引く娘なのだからもっと上手く使えばいい。お母様については王の庶子一人受け入れることのできない狭量な女だと嘲笑《あざわら》っていたことも知っている。

ルボア伯爵は、元々ヴァルネッサとの国交よりも、逆隣に接するラエル王国との繋がりを重視していて、私のヴァルネッサへの輿入れに反対していた者たちの一人でもある。

ルボア伯爵の妻がこのラエル王国から娶った高位貴族の娘であるためだ。

ラエル王国はヴァルネッサほど豊かな資源と軍事力に優れた国ではないが、海を挟んだ他大陸との国交が盛んで、そこから流れ込む商品や貿易で潤った豊かな財政力を誇る商業国だ。

私の代わりにシャリテをヴァルネッサへ身代わりに嫁がせることに賛成した者の一人で、きっと本当はほとぼりが冷めた頃、本命のラエルに私を嫁がせる腹づもりでいたのだろう。

「これはどういうことかしら、ルボア卿《きょう》。しばらくぶりに会ったと思ったら、私への機嫌伺いよりも先に一方的な要求を突きつけてくるなんて、知らない間に礼儀を忘れてしまったの？」

本来自国から嫁いだ王女と顔を合わせたならば、たとえ社交辞令でも一言、ここでの暮らしはどうかと案じる言葉をかけるものでしょう。最低限の挨拶ののちに突然用件を伝えてくるのは無粋にすぎる。

それを指摘して不快感を示す形で相手の出方を探ったけれど、ルボア伯爵は気にする様子も見せない。

「アステア姫……いえ、王妃陛下がこちらのオルベウス陛下から深いご寵愛を受けておられることは我がゼクセンにも伝わっております。我が王もことのほかお喜びになっており、なんのご心配もしておりません。それよりも、シャリテ殿下のことをお気に掛けておいでです」

何とも見え透いた言葉ね。

おまけにシャリテを殿下だなんて。

これまでシャリテがどのような扱いを受けようと背を向けるばかりで一片も気に掛けたことはないくせに、今になって心配しているなんて到底信じられる話ではない。

「お父様が、シャリテを心配？　大体シャリテが第二王女だなんていつ認められたのかしら」

「幼いアステア姫のお目にはどう映られたかは判りませんが、陛下には陛下のご事情がありますゆえ、どうかご理解いただきたく。既に陛下はシャリテ様を正式に第二王女殿下として認知なさるべく、帰国を心待ちになっておられます」

幼子ならばともかく、既に成人したシャリテを認知するためには本人の同意が必要だ。

「お母様はどのようにお考えなの？　お認めになったの？」

「もちろんでございます」

とても信じられない。仮にお母様がシャリテの認知を許したとしても、その心情は決して心穏やかではないだろう。

「シャリテは私の侍女です。いまさら返せと言われても困るわ」

「アステア妃の侍女ならば他に代わりはいくらでもおりましょう。しかし我が国の王女はお二人の他におりません。既にあなた様がヴァルネッサ王妃として嫁いでいらっしゃる以上、未婚の王女殿下はシャリテ姫お一人です」

「ぬけぬけと厚かましい」

「アステア様。先ほども申し上げましたが、これはあなた様のお父上であるゼクセン国王マクシミリアン陛下の勅命です。我が国の姫であり、民であるシャリテ姫に関する権限は、あなた様でも、オルベウス陛下であってもお持ちではございません」

事実だ。だからこそ私はできるだけ早くシャリテがこの国の男性と婚姻を結ぶことを願っていた。

だけどまさかここまで強引に帰国を要求するとは思っていなかった。

父がそれほどシャリテに執着しているようにも、その価値を見いだしているようにも思えなかったし、むしろ厄介払いができて内心安堵しているとすら思っていたからだ。

でも……私は確かにその危険性を認識していたはずなのに何をしていたの。

問題を先送りにしてシャリテの気持ちを優先していたと言えばきこえはいいけれど、少し暢気すぎたわ。

「それに帰国なさることは、既にシャリテ姫も承知しておられます。お疑いでしたらご本人にご確認いただいてもかまいません」

それもまた初耳である。

私とオルベウスすら今初めて聞いた話を、いつの間にシャリテの意思を確認していたのかと思ったが……ここ最近冴えない表情をしていた妹の様子を思い出して得心した。

どうやら事前にこちらの目を盗んで何らかの手段で接触していたのね。

「……なにぶん急な話だ。王妃も突然のことに驚いているし、貴殿の主張通りシャリテ殿が承知しているかの確認を行なう時間をもらおう」

今にも身を乗り出しそうになっている私を視線で制止して、オルベウスが告げた。

さすがにオルベウス自身から冷静かつ冷ややかな眼差しを向けられるとルボア伯爵も私に対するほど強気には出られないようで、気圧されたように顎を引く。

「そもそも最初にシャリテ殿を我が国に寄越したのは貴国の手違いによるもの。この数ヶ月正式な謝罪一つなく我が国に預けっぱなしであったのに今になってすぐに返せとは、まるで我が国がシャリテ殿を強引に攫ったようではないか」

「……とんでもございません」

「ならば待たれよ。何も数日の遅れで縁談に支障が出るほどの重大な手違いを、再び犯しているわけではあるまい？」

オルベウスの当てこすりとも言える皮肉には、さすがにルボア伯爵も異を唱えることはできなかったらしい。

ひとまず伯爵たちゼクセンの使者を客室へと案内させたのち、私とオルベウスは揃《そろ》って王妃の私室へと戻ると、当の本人であるシャリテから事情を聞いた。

しかし、シャリテが答えたのはこれだけだ。

「……私は、国へ戻ります」

思い詰めた表情から、心から望んで国に帰ると言っているわけではないことは判る。

何しろつい先日まで、ずっと一緒にいたいと言っていたのはシャリテ本人だ。

「シャリテ。正直に答えなさい。それはあなたが望んでいることではないでしょう。ここ数日元気がなかったのも、これが原因ね？　一体何を言われたの」

「な、何もありません。ただ……ここにいるより、お姉様のお役に立てると思っただけです」

「ラエルに嫁ぐことが？　とてもそうは思えないけれど。大体いくらあなたが王女として認知されたとしても、庶子であることは既にラエルにも知られていることでしょう。それも嫁ぐ直前になってやっと認知されるような、ゼクセンで蔑《ないがし》ろにされていた王女をラエルが王妃として丁重に扱ってくれると思うの？」

「…………」

しかしシャリテは答えない。

黙り込んだまま、悲愴な表情で俯くばかりだ。

私が問いかけても、オルベウスが尋ねても、それは同じだった。

これ以上問いを重ねればさらにシャリテを追い込んでしまいそうで、一度彼女をベラに任せてオルベウスと共に王の書斎へと移動したけれど、当然納得できる話ではない。

「きっと何かしら断れない理由で言い含められているのだと思います」

「おそらくそうだろうな。何か心当たりはあるか？」

「シャリテにとって弱みとなるようなものはそう多くありません。考えられるのは母親の墓か、あるいは……」

「あなたに不利益があると脅迫されたか？」

「はい」

改めて考えてみると本当にそれくらいしかないのだ、シャリテには。

それほどにシャリテは何も持たない、そして与えられていない娘だった。

「なるほど。仮にあなたの身の危険や不利益を理由に脅されているのだとしたら、こちらのことも随分と馬鹿にした話だ。だが現状、シャリテ殿自身に国に帰ると言われれば止める手段がない」

「では、認めるしかないと？」

「そうだ。下手に断れば今度は我が国が他国の王女を不当に捕らえていると言われかねない。そうなればゼクセンだけでなく、周辺国からも批判を受けることになるだろう」

その通りだ。

そして批判される元々の原因を作ったのが自分だと思えば、私も何も言えなくなる。

「……申し訳ありません。私が身代り結婚なんて浅はかな行いをしたばかりに……」

「確かに提案したのはあなただったとしても最終的に認めたのはゼクセン王であり、その臣下たちだ。それを何もなかったかのように一方的な要求を行うルボア伯爵や王が厚顔なのであって、あなたに全く責任はない……とまでは言い切れないが、まあより罪が重いのはあちらの方だろう」

やっぱり正論だ。

私が言い出さなければ、こんなことにはならなかった。

けれどいくら私が提案したところでお父様や議会で却下されていればそれまでだった。

とはいえ今はその正論を唱えても意味はないだろう。

「一体どうすれば……」

表情を曇らせる私に、オルベウスがニヤリと笑ったのはその時だった。

少し耳を貸せ、と言わんばかりに手招きされて、言われるがままに彼に身を寄せれば、ヒソヒソと囁かれる。

その言葉を聞いて、私は一瞬目を丸くした。

「えっ」

「まずは当人の承諾が必要だがな。上手くすれば一泡吹かせてやれる。これくらいのことをしてもバチはあたるまい？　どうだ？」

「陛下」

「うん？」

「素晴らしい悪知恵ですわ！」

「それは褒められているのか？」

「もちろんです、惚れ直しました。ぜひそのまま進めてしまいましょう」

さらりと惚れ直したと告げられて、次に目を丸くしたのはオルベウスの方だ。

真意を確かめるようにまじまじと私を見つめてくる彼の瞳を見返して、にこにこと微笑み返せば、遅れて彼の目元がうっすらと赤くなる。

意外にもたったこれだけの言葉で彼を照れさせることに成功したらしい。

（あら……案外、私が思うより純情な人なのかも……）

こんな時なのに、夫の反応が可愛い、なんて言ったら怒られるかしら。

ごほん、とオルベウスがわざとらしく咳払いをする。

「……とにかく、まずは改めて当人の意思確認をしよう。決まれば最速で書類を揃えて成立させる。ゼクセンには強引だと文句を言われるだろうが、強引な真似はお互い様だ。せいぜいつけ込ませてもらうさ」

「はい。ありがとうございます、陛下」

「礼を言うのはまだ早い。だが礼をしてくれるなら言葉より行動の方がいいな」

早いと言いながらちゃっかり礼を要求する彼にくすくすと笑って身を寄せた。

そのまま彼の膝に乗り上げるように背筋を伸ばすと、両腕を絡みつかせて自ら唇を寄せる。

触れるだけの口づけだったが、それでも充分彼を喜ばせることはできたらしい。

実に機嫌よくオルベウスはカルヴァンを呼び寄せると、とある人物を連れてくるように命じるのだった。


シャリテの帰国が決まったのはその二週間後のことだ。

一日も早くと訴えるルボア伯爵の要求をのらりくらりと躱《かわ》しつつ、派手なことが大好きな伯爵のために宴や晩餐《ばんさん》、旅芸人や高級娼婦で歓待しながら気を逸らし、できる限りの時間稼ぎをしてようやく帰国の許可を出した時、伯爵は明らかに得意げな表情を浮かべて見せた。

きっとヴァルネッサの王と王妃を揃って折れさせて、要求を認めさせたことが自分の手柄のように感じたのだろう。

（なぜ時間稼ぎをされていたのか理由を探ろうともしないまま、誰が言っても変わらない要求を突きつけて得意がるなんて器の小さな男ね）

表向きは「負けたわ……」と言わんばかりな表情を浮かべて見せながら、私は心の中で舌を出す。

満足そうなルボア伯爵の表情に変化が出るのは、いざ帰国するとなった当日の朝である。

ヴァルネッサ王城の正面には、ルボア伯爵率いるゼクセンの使者一行を圧倒するほどのヴァルネッサの騎士団と何台もの馬車が列をなして待ち構えていたためである。

しかもそこに現れたのはシャリテだけでなく、旅装姿の私とオルベウスだ。

「アステア様、これは一体……？」

「ご覧の通りよ。せっかくだから私も一緒に里帰りしようと思って。オルベウス陛下もこの機会にお父様にご挨拶したいと仰ってくださったの。もちろん歓迎してくださるわよね？」

当たり前だけど王妃だけでなく、一国の王が他国へ訪問するなど容易いことではない。

それも先触れも、事前の打ち合わせもなく、だ。

受け入れる側にもそれ相応の準備があるし、万が一のことがあれば国際問題になる。

案の定予定にない国王夫妻の同行にルボア伯爵は難色を示した。

「いくら何でも、このような突然のご訪問は我が国も対応に困ります。どうか日を改めて……」

しかし私も黙ってはいない。

「あら、おかしなことを言うのね。先に何の先触れもなくヴァルネッサへ押しかけ、挙げ句に放っていたシャリテを返せと言ったのはあなたよ？　自分たちの非礼を棚に上げて、こちらには礼を尽くせというの？」

「それとこれと話が別で……」

「いいえ、同じことよ。お互い臨機応変に対応いたしましょう？　それともそのような対応にすら値しないと言うほど、あなたは我が王を侮っているのかしら」

朗らかで華やかな笑みの後で、突然真冬の氷点下を思わせる冷ややかな眼差しを私から浴びせられてルボア伯爵の顔が引きつった。

「いいこと？　私は自分の生まれ故郷に夫と一緒に里帰りをするの。あなたの許可は必要ないわ。先触れが必要だというのならあなた方の誰かを先に走らせなさい。そして伝えるのよ、シャリテと共にアステアもオルベウス陛下を連れて結婚後のご挨拶に参ります。一国の王を出迎えるに相応しい歓待を期待しております、とね」

……結局、ゼクセンの使者たちの中でもっとも足の速い馬を持つ者が一足先に駆け出した。

こちらは大所帯で移動するため、進行はどうしても遅くなる。

急げば歓待の準備にはギリギリ間に合うだろう。

少し前まで得意げだったルボア伯爵の顔に、今はひどく苦いものが浮かんでいる。

きっとその心中は私への罵詈雑言《ばりぞうごん》で埋め尽くされているに違いない。

その表情を読ませるなんて、外交官としては失格ね。

おまけに道中、シャリテは私の側にピタリと貼り付いて、伯爵が近づく隙もない。

私の目を盗んで無理に近づこうとしても、シャリテの傍らにはいつも明るい茶髪の騎士が寄り添っている。

「シャリテ姫と大切な話がしたい。部外者は席を外せ」

そうルボア伯爵に居丈高に命じられても、茶髪の騎士は首を横に振るとシャリテの傍らから離れようとはしなかった。

「この方をお守りするのは私の役目です。お話がおありでしたらこのままどうぞ」

「一介の騎士の分際で何を偉そうに！」

「私はオルベウス陛下より正騎士の称号と近衛の地位を賜っております。その発言は私を叙任なさったオルベウス陛下への侮辱となりますがよろしいか」

「っ……！」

毅然《きぜん》と返す騎士の言葉に、ルボア伯爵も太刀打ちできなかったらしい。

おそらく内密にシャリテにあれこれと言い含めておきたかっただろうに、予想外の監視を受けて日に日に伯爵の機嫌が悪くなっていく。

対して比例するように私の機嫌は日に日に上向きになっていった。

「おはよう、ルボア卿。今朝もいい天気ね、今日にも無事にゼクセン城に到着できそうで楽しみだわ」

「……おはようございます、アステア王妃陛下。ご機嫌麗しいご様子、何よりでございます」

行程最終日の朝、宿泊した宿の正面ロビーで顔を合わせれば、ルボア伯爵はやっぱり表情を隠すこともできないようで、苦々しく挨拶を返す。

そんな伯爵を相手に、ニヤニヤ笑いが止まらない。

「まあ、ルボア卿。今朝は随分お疲れのようね？　ここからならあなたの領も近いでしょう。無理をせずお休みになってはいかが？　私たちは問題なく城へ向かうから心配せずとも大丈夫よ」

「……お気遣いありがとうございます。ですが、シャリテ姫をお届けするのは私の役目ですので……アステア様のお手を煩わせるわけには」

「大切な妹を両親の元へ連れ帰ることが煩わしいわけがないでしょう。ねえ、シャリテ？」

「えっ、あっ、は、はい……ありがとうございます、お姉様……」

不意に会話を差し向けられて、私の斜め後ろに控えていたシャリテがハッと顔を上げる。

その隣にピタリと寄り添うのは例の騎士だ。

シャリテは、姉と騎士とを見やり、それからその瞳を潤ませる。

「あら、どうしたの？　お城が近づいてきて里心が付いたかしら？　フィンリー、気晴らしに途中までその子をあなたの馬に同乗させてあげてちょうだい。馬車の中で閉じこめられているより、風に当たる方が気持ちも晴れるし、故郷の景色もよく見えるでしょう」

「承知いたしました。では、こちらへどうぞ」

そう、茶髪の騎士はあのフィンリーだ。

彼に手を差し伸べられて、シャリテは一瞬迷ったようだが、こくりと頷くとその手を取った。騎士に支えられるように場を離れるシャリテの背を、ルボア伯爵がまたも憎々しげに見つめている。

「……アステア様。いくらあなた様でも少しお戯れがすぎるのでは? シャリテ姫はこれからラエル王国へ嫁がれる身です。身を慎まねばならないというのに騎士と馬に同乗など……そんな姿が民の目に触れれば、不名誉な噂を流されるのはシャリテ姫と我が国ですぞ」

思うようにならない怒りを滲ませるルボア伯爵に、私はスッとその目を細めた。

「あなたこそ何を勘違いしているの。誰に向かってそのようなものの言い方をしているつもり? それでなくとも最初から随分な態度ね。あなたのその言動はヴァルネッサ王妃であるとともにゼクセン王女である私への不敬になると判らないの?」

自分が不遜な態度を取っていたことはルボア伯爵も自覚していたのだろう。

途端に顔を真っ赤にして彼は何かを言い返そうとしたが、何を言っても揚げ足を取られると感じたのか、ぱくぱくと声もなく口を開閉させる。

(まるで餌を求める魚みたいね)

意地の悪いことを考えながら無感動に眺める私を、やんわりと窘めたのはオルベウスだった。

「アステア、あまり手厳しいことを言うな。ルボア卿はそなたの父君の命を受けているのだろう。彼としても辛い立場であることを考慮してやりなさい」

「それは承知しております。ですがあまりにも私たちを邪魔者のような目で見るのですもの。私だけでなくご多忙の陛下までもがわざわざ私たち姉妹のために国を空けて、ゼクセンへ礼儀を通そうとしてくださっているのに、私、情けなくって」

「そうは言っても私たちの訪問はあちらにとって突然の話だ。多少の混乱は仕方ない」

オルベウスの言葉にルボア伯爵が助かったと言わんばかりに何度も肯く。

そんな伯爵を一瞥《いちべつ》して、オルベウスは笑った。

「まあ、突然の訪問であったのは、我が国にとっても同じことだがな」

何の予告もなく身代わり花嫁を送り、また同じく予告なくその身代わり花嫁だった妹姫を返せと使者を寄越す。

どちらが礼儀に適っていないのかと言わんばかりに、笑顔でサクッと相手の痛いところを刺すのはオルベウスの得意技ね。

伯爵はまた顔を強ばらせたままその口を閉じた。

もう餌を求める魚のようにパクパクすることもない。

その後も強ばった顔で固く口を閉ざしたまま、ルボア伯爵は余計な言葉を一切口にすることはなくなり、そして一行はその日の昼すぎにゼクセン王城へと到着したのだった。

一足先に伝令が走ったとはいえ、嫁いだはずの王女が突然ヴァルネッサ国王を共に連れて帰国したゼクセン王城は上を下への大騒ぎとなっていた。

それでも一応の体裁は整えて出迎えられる時間は与えてやったのだから感謝してほしいものだわ。

ゼクセンの近衛騎士や貴族、高官たちが居並ぶ王城の正門前で一足先に馬車からオルベウスが降り立つと、出迎えの人々の間に小さなどよめきが起こる。

隣国とはいえ長く緊張状態にあったために、オルベウスが正式にゼクセン王城を訪れるのはこれが初めてだ。

そのため冷酷で苛烈な王だと噂されるオルベウスの姿をまともに見た者もゼクセンでは限られている。

見目麗しい容姿の持ち主とは言われていたけれど、それ以上に恐ろしい印象が先行していたためにどれほど厳《いか》つい王なのかと思われていたようだが、実際の姿は多くの女性の目を惹きつけて止まない精悍な美貌の持ち主だ。

その若き王に手を引かれて馬車から降り、寄り添う嫁いだ自国の王女の姿は誰が見ても感嘆の溜息を誘うものであったらしい。

「なんてご立派な……」

「姫様もより一層お美しくなられたのではないか」

そんな注目を浴びる二人の後ろに静かに付き従うシャリテの姿は多くの人の目には留まらなかったようだ。

普段はどのような来客があっても表まで出てくることのないゼクセン国王夫妻も、さすがに他国の王を玉座にふんぞり返って迎え入れるわけにはいかなかったようで、人々の列の最奥でこちらを待ち構えていた。

「ようこそ、ゼクセンへお越しくださった。オルベウス王のご来訪を歓迎いたします」

「こちらこそ突然の訪問にもかかわらず盛大な出迎えに感謝いたします。マクシミリアン王」

一見親しげに言葉を交わしながらも、父がオルベウスに対して強い警戒心を抱いているのを肌で感じる。

対するオルベウスは少なくとも見た目は自然体で、堂々とした振る舞いはヴァルネッサの玉座に座っている時と変わらない。

娘として認めるのはいささか複雑ではあるけれど、同じ一国の頂点に座る王としての器の大きさは、明らかにオルベウスに軍配が上がるだろう。

一方で、父の隣で佇みながらこちらを見つめる母の視線は、数ヶ月ぶりに会った娘の姿を通り越して、その背後にいるシャリテに注がれている。

王妃らしく微笑を浮かべながらも、目は笑っていない。

夫の愛妾の娘への憎悪と嫌悪の感情は未だ薄れてはいないことを教えるかのようだ。

そしてその母の視線に気付いているのかいないのか、シャリテは先ほどからずっと俯いたまま、顔を上げることはしなかった。

その夜、ゼクセン城ではヴァルネッサ国王夫妻を歓待する晩餐会《ばんさんかい》が開かれた。

「もてなす対象はあくまでもオルベウス陛下と私だけのようよ。あなたの出席は認められなかったわ。どうやらお父様もお母様も、あなたを認知すると言っても全ての貴族や国民にはその姿を披露するつもりはないようね」

私の指摘に、シャリテも肯く。

彼女自身、自分が王女として迎え入れられることなど、最初から期待していない。

私はシャリテをフィンリーに預け、オルベウスと共に晩餐会へ出席した。

「お久しぶりです、アステア姫……いえ、今は王妃様とお呼びすべきですね。ご立派なお姿に感激いたしました」

「ゼクセンへようこそ。この機会に両国の関係がよりよき方向へと変わっていくことを願っています」

出迎えも、晩餐会もそつなく終わった。

短い準備期間を思えば、むしろ最大限の歓待を受けたと言っていい。

しかし本番はこの後だ。

改めてヴァルネッサとゼクセン、両国王夫妻との間に面会の場が持たれたのは、一夜明けた翌日の午後のことだった。

通された応接室にはゼクセン側は両親の他、王太子である兄のセブランに、ルボア伯爵や宰相、大臣や高官たちの他、護衛の近衛が居並び、対するオルベウスと私の側は同じく護衛の近衛と数人の官吏、そしてシャリテが同席する。

場の空気を仕切ることを望むように、最初に口を開いたのはお父様だった。

「先に提案させていただきたい。お互いに時間に追われる身です。余計な腹の探り合いよりも率直な意見を取り交わすというのはいかがかな」

身分が高ければ高いほど、すぐに本題に入る行為は無粋と言われている。

しかし重責に就く者にとって時間は有限だ。

無駄な時間を浪費したくないという父の言葉は事実だろうけれど、本音は多分お父様がオルベウスを長時間相手にしたくないせいだと思う。

何しろゼクセン王マクシミリアンのヴァルネッサ嫌いは臣下にも広く知られている。

ましてオルベウスのように一癖も二癖もある王を相手にしてボロを出したくはないはずだ。

できるだけ早くに話を済ませて、できるだけ早くに帰国してほしいに違いない。

そんなお父様の本音はともかくとして、提案はオルベウスにとっても都合がいいものであったようで、彼はすぐに肯いた。

「もちろんです。私も持って回った言い回しは好みません。お互いに限られた時間を有意義なものといたしましょう。おそらくこのような場はこれから先何度も持つことはできそうにありませんので」

なかなか意味深な発言だ。

純粋に言葉通りに聞けばお互い多忙なのでこんな機会は何度も取れないだろうと受け取れるが、今後必要最低限の関わりを持つ気がない、と言っているようにも受け取れる。

そんなことをさらっと言い放つオルベウスに、お父様は表情を変えなかったものの、その眉間に僅かに皺が寄ったことに私は気付いていた。

不機嫌な時に無意識に行う仕草だ。

「……では、早速お尋ねします。あなたが我が国に訪れた目的は何でしょうか。まさか娘との結婚の挨拶に、などという建前が本気であるわけがないでしょう」

「これは異なることを。愛する妃の両親へ一度ご挨拶をせねばと思っていたのは事実です。何しろあなた方が縁談をお受けくださらなければ、私は妻を得ることができませんでしたので」

愛する妃、という一言にまたさらにお父様の眉間の皺が深くなる。

ヴァルネッサとの縁談をお父様は、決して快く受け入れたわけではない。

シャリテと金鉱山との所有権の交換ならば、と受け入れたはずだったのに、気がつけばシャリテだけでなく私まで持っていかれたのだからお父様としては不本意であるはずだ。

ある意味、ならばシャリテだけでも返せと言う主張は理解はできる。

もっともあくまでもあちらの都合を考えるならば、の話だけれど。

「あとは他にもう一つ。こちらに同席しているシャリテ姫に関するご報告があり、それについても私からご説明差し上げるのが筋だろうと判断し、伺いました」

名を呼ばれて、小さく肩を揺らしたのはシャリテだけではなかった。

お母様も同様だ。

姫という敬称が気に入らなかったのか、すぐに鋭い視線を向けてくるが、今度は私を素通りさせるような真似はしない。

隣で小さくなって腰を下ろすシャリテの手を握ると、お母様の視線を遮るようにまっすぐにその目を見返す。

どこか冷ややかな娘の視線に晒されて、初めてお母様が動揺したようにその視線を揺らした。

「シャリテの報告とは何です？　このようにお連れいただいたのですから、我が国としてはすぐにも引き取りたいのですが」

「あいにくと、シャリテ姫をお返しすることはできません。いいえ、姫と呼ぶのもおかしいのでしょうね。彼女の出生記録には母親の名はあっても父親の名の記載はない。認知がなされるのもこれからのこと、現時点でシャリテ嬢は父親のない平民なのですから」

「……何やら我が国の事情を嗅ぎ回っておいでのようですが、それがなんだというのです。今この場で手続きを行い、記録に記載すればそれが正式なものとして受理されます。先か後かの違いでしかない。他国の王に口出しされるようなことではありません」

「それが口出しをする権利が私にはあるのですよ。実はこちらへと出発する数日前に、シャリテ嬢は私の部下である騎士と結婚しました。今、彼女の後ろに立つ者です。つまりシャリテ嬢は既にゼクセンではなく、我がヴァルネッサの民ということになります」

空気が凍り付くとはこんな場合のことを言うのかもしれない。

そう思うほどに、場が静まりかえった。

ゼクセン側に属する者たちの、ほぼ全てが沈黙している。

その目を驚愕《きょうがく》に見開いたまま。

そう、ルボア伯爵がヴァルネッサにシャリテを迎えにきた際に、私たちが行った時間稼ぎはこのためのものだったのだ。

元々私がシャリテを国から出したのは彼女を不幸にしないため。

それにも関わらずここで帰しては、これまで行ってきたことが無駄になる。

だからといってゼクセン国籍を持つシャリテの帰国を、王であるお父様が望んでいる以上それを引き留める権利は自分たちにはない。

そのためにオルベウスが提案したことが、結婚によってシャリテの国籍を変えることだったのである。

それはいずれそうできれば、と考えていた私の望みと合致することでもあった。

私はその日のことを思い浮かべる。

「突然の話にお前も驚いているだろう。だが、時間がない。今ここで答えてくれ、フィンリー。シャリテ嬢と結婚する意思があるのか、ないのか」

あの後密かに王と王妃に呼び出された茶髪の騎士フィンリーは、ベラの話にもあったように共に城下に出かけて以降、シャリテと親しくなった青年だ。

あの日借りていたハンカチを綺麗に洗って、ついでにお礼のお菓子を付けて返しに行こうとした途中で迷ってしまい、途方に暮れていたシャリテを逆に探しに来てくれたというエピソードがあったらしい。

そこから二人はどんどん親しくなった。

もちろん親しくなったといっても節度ある友人のような付き合いである。

既にお互いに好意を抱いていたとはいえ、将来を共に過ごす伴侶として意識するかどうかはまた別の話であり、オルベウスの問いは彼にとって寝耳に水だったはずだ。

フィンリーはシャリテが私の異母妹であることはその容姿からすぐに察していたみたいだけど、ゼクセンでの彼女の立場も何も知らず、また突然結婚の意思を問われて随分と驚いていた。

「あなたに無理強いをするつもりはないの。その意思がないのなら、それで構わないわ。もちろん罰することもない。だから素直に答えて大丈夫よ」

王の身を守る近衛騎士とはいえ、その王と王妃二人揃って改めて言葉を掛けられることは滅《めっ》多《た》にない。

全身を緊張させる騎士に、私が気遣う言葉を向けた時だ。

「……もし、このお話をお断りしたら、シャリテ殿はどうなるのでしょう」

内心動揺しているだろうに、思いの他しっかりとした様子のフィンリーに安堵した。

ただ無様に狼狽《うろた》えて自ら考えることもできない男なら、逆にシャリテを任せることはできないと思っていたからだ。

「そうね。陛下にお願いして、早急に誰か相応しい相手を探していただくことになります。シャリテを国に戻すつもりは微塵《みじん》もないから、あの子がこの国の誰かに嫁ぐことは私の中では決定事項なの」

「……そうですか」

「本当はもう少し時間を掛けて、シャリテの気持ちも尊重して……当人同士の気持ちが自然と育つまで待ってあげたかったのだけれど……返事を急かすような真似をしてごめんなさいね」

私の言葉にフィンリーは静かに首を横に振る。

「いいえ。答えを出す時期が多少前倒しになっただけのことです、王妃様に謝罪いただく必要などありません。ただ……一つだけ、私の希望を聞いていただけますか」

「私にできることなら何でも言って」

するとフィンリーはここで少しはにかむように笑い、そしてすぐにその笑みを消して毅然とした表情を作ると、己の胸に片手を押し当てる騎士の礼を尽くし、こう告げたのだ。

「どうか、シャリテ殿への求婚は私自身にさせてください。決して両陛下に望まれたからではなく、私自身があの方を望むことをお許しいただきたいのです」

不覚にもその言葉に私が涙しそうになったのを知っているのは、オルベウスだけだ。

私たちの承諾を得て、フィンリーはすぐにその足でシャリテの元へ向かい、彼女に求婚した。

突然のことに当然シャリテは驚き、事情を推測して、フィンリーに迷惑を掛けるわけにはいかないと一度は断ろうとしたようだが、そんな彼女を彼は自らの言葉を尽くして見事口説き落としてくれたのだ。

物静かで真面目で腕は立つけどちょっと地味ね、とかこっそり思っていてごめんなさい、フィンリー。

あなたはやる時はしっかりやる立派な男性よ。

その後、フィンリーの腕の中で大泣きしたシャリテが、なぜゼクセンへ戻ることを受け入れたのか、その理由を聞き出すこともできた。

やっぱり私の不利となることを囁かれ、脅迫された結果のことだったと知って、ますます私は妹を国に帰すわけにはいかないと確信したのである。

二人の結婚は本来ならば必要な結婚開示期間もすっ飛ばし、特別婚姻許可証を受け、その翌日には王の立ち会いの下に執り行われた。

つまりフィンリーが今こうしてシャリテの傍らに寄り添っているのは、護衛だからという理由ではなく、夫として妻を守っていたのだ。

「今回私とアステアがこちらに伺ったのは、その事実をお知らせするためです。本来であればルボア卿にお伝えしてお引き取りいただいてもよかったのですが、それでは納得していただけないと考えましたので」

悪びれることもなく告げるオルベウスの言葉に、ようやく父が口を開いたのは、たっぷり十数秒も黙り込んだ後のことだった。

「こちらの許可もなく、なんと勝手なことを！　いくらヴァルネッサ王であろうと、親の許可なく娘を結婚させるなど越権行為も甚だしい‼　そのような婚姻など無効だ！」

「どうぞ落ち着いてください、マクシミリアン王。確かに我がヴァルネッサでも、こちらのゼクセンでも、王族や貴族の婚姻には親と王の承諾が必要です。ひとえにその家の血を容易に流出し、複雑なお家騒動を起こさないために法で定められております」

「ならばお判りでしょう、今すぐ娘をお返しください！」

「承諾いたしかねます。なぜならば彼女の婚姻は正当なものであり、既に成立しているからです。先ほど私は申し上げましたね？　彼女の出生記録には母親の名はあっても父親の名はないと」

「それがなんだと……！」

言いかけて、ようやく父は気付いたようだ。

見る間にその顔が強ばっていく様に、私は溜息を吐いた……あまりにも情けなさすぎて。

「お気づきになりまして？　お父様。父親が不明の場合、その子は母親の身分に属します。シャリテの母は平民であり、よってシャリテもまた平民。平民には王の許可を得る必要はなく、また既に母を失ったシャリテは親の許可を得る必要もなく、己の意思のみで婚姻を成立させることができます」

「フィンリーは我が国の伯爵家の次男です。そちらの許可は私が出しました。よって二人の結婚は正式に両国の法に則《のっと》り結ばれたもの。婚姻後、妻の国籍は夫に準じることから、今のシャリテ嬢は正当なヴァルネッサの民であり、そちらには何の権利もないということになります」

「馬鹿なことを‼」

とうとう大人しく座っていられずに激高したお父様が、ソファを蹴るように立ち上がった。

と同時にそれぞれの王の周囲に控えていた近衛たちが一斉に身構える。

一触即発とも言ってよい雰囲気の中、お父様を鋭く叱責したのは私だった。

「馬鹿なことをなさっているのはあなたです！　全てはお父様の身から出た錆《さび》でしょう？　己の責任を果たさず、シャリテを認知しなかったことが徒《あだ》になりましたね。これを機会に少しは己の身を顧みたらいかがですか！」

これまで私は、どれほど父が理不尽な真似をしようと無責任な振る舞いをしようと、面と向かってその行いを責めたことはない。

言ったところで父が行いを改めるとは思えなかったし、自己保身もあった。

無駄に意見してその怒りがこちらにも向けられることが単純に怖かったし、動きを封じられてはそれこそ陰からシャリテを守ることもできなくなる。

だから私は内心の感情を隠して、お父様に対してもお母様に対しても、美しい自慢の娘として振る舞った。

そうすることで自分とシャリテを守ってきたのだ。

でも今はもうそんなことは知ったことではない。

今まで溜まりに溜まった不満を叩き付けるのみだ。

「シャリテを娘と言いながら、お父様はそのシャリテに親として何をしてやりましたか？　自ら強引に手籠《てご》めにして子まで産ませたシャリテの母には？　そして夫の裏切りに深く傷つき、その子に辛く当たらねば己の心を守れなかったお母様に対しては？」

「アステア……」

娘の言葉に息を呑んだのは、つい先ほどまでシャリテに厳しい眼差しを向けていたお母様だ。

でも私はお母様を振り返ることはしない。

ただまっすぐに父を見つめる。

それこそ強い怒りを込めた眼差しで。

「何もしていませんよね？　王女として認知し不自由ない暮らしを与えることも、教育も、保護も、もちろん愛情も、親としての責任は何一つ果たしていない。そのくせシャリテとその母を城の外に出すことも許さず、虐げられる苦しい生活を押しつけ、その母が病に苦しむ時にさえ薬一つ与えようとはしなかった」

なんのために？

全ては中途半端な執着と、己の見栄のためだ。

お母様の悋気を恐れ、シャリテの母に逃げられることを恐れ、民にシャリテが王の落胤《らくいん》と知られることを恐れ、その血が平民に混じることを恐れたから。

「そんなあなたのどこに、シャリテの親だと名乗れる資格があるというのです？　そのうえ自分の都合だけで望まない結婚を押しつけてくるような父親など何の価値があるのですか」

「アステア！」

鋭く怒りの形相を向けてくるお父様の目をまっすぐに見返し私は静かに告げた。

「お父様。……私は、心からあなたを軽蔑しています」

「な……」

「そしてお母様。……お母様には一定の理解はあるつもりですが……それでも、あなたが怒りを向けるのはお父様に対してであるべきだった。今一度良く考えてみてください。お父様はあなたの愛を捧げるに相応しい男性でしたか？」

「……そんな……どうしてそんなことを言うの、アステア」

お母様がか細い声で訴える。

「どうしてその娘を庇うの！　母を哀れと思うなら、どうして私の味方をしてくれないの！」

「私だって、できることならそうしたかったわ、お母様。シャリテを痛めつけるあなたの姿に、苦悩や悲しみが感じられたら、私はもしかしたらあなたと同じようにシャリテを憎んだかもしれない。でも……あなたはずっと、笑っていましたね」

忘れられない。

「娘と変わらない年頃の幼子の背に鞭を振り下ろしながら、罵声を浴びさせて楽しそうに笑っていた。何度も、何度も。その瞬間あなたは私の中で被害者ではなく、加害者に変わったのです」

「ち、違う……違うのよ、アステア」

まるですがりつくようにこちらを見つめてくる様子から、私にはある程度の愛情を持ってくれているのだと思いたいけれど、それが無償の母の愛であるかどうかは確信が持てない。

「それに、お二人も私のことをそれほど愛してはいらっしゃらないでしょう？　だって長い間緊張感のあった敵国と言ってもよい国へ嫁いだというのに、お二人からは帰国した私を気に掛けてくれる言葉は一言もありませんでしたもの」

お父様はオルベウスに意識を向けていたし、お母様はシャリテに険しい目を向けるばかりだった。

まるでアステアという名の娘なんていなかったみたいに。

「そ、それは、あなたならしっかりやっていると……それに二人の様子からも上手くいっていることが伝わってきたし……」

しどろもどろにお母様は言うけれど、その言葉は今の私にはとってつけたようなものにしか聞こえない。

どうやら私は自分でも意外なくらい両親から何の言葉もなかったこと、そして気に掛けてくれる様子も見られなかったことがショックだったみたい。

嫁ぐ前は人並み程度の愛情は向けられていると思っていたのにね。

「アステア」

その時、隣から伸びてきた温かな手に片手を取られてハッとする。

目を向ければオルベウスが微笑む……まるであやすように。

また逆隣からは、シャリテに手を握り返された。

そちらにも目を向けると心配そうに見つめる妹の眼差しとぶつかる。

親の真実の愛が自分には存在しなかったとしても、今支えてくれる人がいるならば、それでいいわ。

それにシャリテはたとえ見せかけの愛すら受けることのできなかった身だ。

王女として何不自由ない生活を過ごし、充分な教育を与えてもらった私は彼女より遙かに恵まれている。

（いまさら傷ついている場合ではないわ。私もそろそろ、目を瞑ってきたこれまでの自分を清算しなくては）

静かに呼吸を整えた。

それと共に徐々に感情も落ち着いて、目の前の父と母に対して穏やかな笑みを向ける。

「子どもはいつか親元から巣立つものです。どうかお二人に少しでも親としての情が残っておいでなら、私たちのことはこのまま見送ってください」

二人は沈黙する。

その表情は完全に納得しているようには見えなかったが、しかしもはやこれ以上何を訴えても無理だという諦めの色が見えた。

それにこれ以上はゼクセンとヴァルネッサの戦いにもなりかねない。

そうなれば原因となった娘に対する国王夫妻の所業が、民はもちろん周辺国にも知られることになる。

黙り込んだ二人の背後から、溜息と共に口を挟んだのはそれまでずっと口を閉じていた兄のセブランだった。

「これはもうどうにもなりません、父上、母上。今ここで抵抗しても、ゼクセンとヴァルネッサ、それぞれのためにもなりません。たとえ戦争を起こしたところで、シャリテの婚姻を無効とすることはできないでしょう。残る手段は離縁させることですが」

ちらとセブランに視線を向けられ、ここで初めてシャリテははっきりと答えた。

「離縁はしません！　私はもうフィンリー様の妻ですので」

思えばシャリテが兄とまともに言葉を交わすのも、これが初めてではないだろうか。

「……どちらにせよ、一度嫁いだ娘を他国の王族の妃に差し出すことはできません。ここは潔く、こちらの敗北を認めるしかありませんね」

「な、何を仰るのです、王太子殿下！　こんな騙し討ちのような行いをお認めになるのですか！　ゼクセンは正式にヴァルネッサに抗議を行ったのち……」

その時新たに口を挟んだのはルボア伯爵である。

ラエル王国との縁談を取り付けたのは彼だという立場上、ここでお兄様の言うように大人しく引き下がるわけにはいかないのだろう。

おそらく縁談を纏めるためにそれ相応の金も動いている。

でもそのルボア伯爵を黙らせたのは私だ。

「黙りなさい。お前に意見など求めていないわ」

「な……」

「お兄様。いつからこのルボア卿に、王族の会話に口を挟む許可を与えたのです？」

お兄様は不快そうに眉を顰《ひそ》めて返した。

その不快感を向ける先は妹ではなく、ルボア伯爵に対してだ。

「与えてなどいない」

「ならば立場を弁えぬ不心得者として罰することをお勧めいたします」

「そうしよう。ルボア卿。どうやら父は卿を少し甘やかしすぎたようだな。今この時をもって、そなたを外務官から罷免する。こちらの許しがあるまで己の屋敷で謹慎せよ」

「お、お待ちください、王太子殿下！　どうか陛下、殿下をお諫《いさ》めください！」

「父上、母上。それでいいですね」

お兄様の問いに、両親は黙り込んだまま反論しない。

無言は肯定の証と受け取って、お兄様が目配せした途端、ルボア伯爵はゼクセンの近衛たちに引きずられるようにこの場から退出していった。

お兄様の言葉はそのまま私とシャリテにも向けられた。

「私の妹は既に嫁ぎ、我が国に未婚の王女はおりません」

お兄様の言葉がどのような意図であるかは図りかねるけれど、同時にそれはこのたびのことから手を引く宣言であることは理解した。

「せっかくお越しいただき恐縮ですが、今回のところはお早めにご帰国願います。こちらもラエルとの話を白紙に戻すための話し合いに注力せねばなりませんので、オルベウス陛下のお相手を充分に行える余裕がございません」

「承知した。明日にでも帰国しよう」

「この非礼のお詫びは後日改めて。…………妹を、どうぞよろしくお願いします」

妹、とはどちらのことを指すのだろう。

あるいは、どちらも指すのだろうか。

オルベウスはお兄様に目を細めて笑い、フィンリーは無言で頭を下げる。

そうして、ヴァルネッサとゼクセン、両国の王族同士の面会はこれをもって終わりを告げたのである。

「ゼクセン王とは今後も深い付き合いはできそうにないが、あなたの兄が王となった後ならば、少しはまともな話ができそうだな」

話し合いの翌日、約束通りゼクセン城を発ち、ヴァルネッサへと無事に帰国して数日後、ゼクセン王太子の名で届いた書状に目を通してオルベウスは私にそう言った。

許可を得て届いた書状に私も目を通せば、そこには真摯な言葉でこのたびの謝罪と、アステアとシャリテ、二人の妹を受け入れてくれたことに対する礼が書き記されている。

「……そうだといいのですが……」

私の兄に対する気持ちは少しだけ複雑だ。

お兄様は私には優しかったけど、シャリテには無関心だったから。

でも思い返せばきっとお兄様は幼い頃から、私がシャリテと裏でこっそり絆を深めていたことを知っていたのではないかと思う。

だってバレそうになるといつもお兄様がさりげなく庇ってくれたもの。

あの時は単純に助かったと胸を撫で下ろしていたけれど、知っていて私たちのことに目を瞑ってくれていたのなら……少しは兄として思うことがあったのだと信じたい。

「今こんな手紙を寄越すのなら、お兄様ももっと協力してくだされば他に手段もあったのに」

「彼も難しい立場だったのだろう。一度は挽回の機会を与えてやってはどうだ」

「……それはまあ、考えてもいいですけれど」

拗《す》ねた物言いの私に、オルベウスが笑った。

そのまま私の肩を抱き、引き寄せると唇を塞いでくる。

彼に身を寄せるといつもふわっと漂ってくるのは、あの頭の芯を溶かすような官能的な彼だけが持つ匂いだ。

その香りを感じると、自然と身体が熱くなるようになってどれほどがすぎただろう。

決して強すぎるほど強烈な香りではないのに、ずっと嗅いでいたいような、味わっていたいような気分になって、気がつけば自ら身体をすり寄せている。

「どうした」

腕の中でしどけなく絡み始めた私の様子に、判っていながらそう問いかける彼はやっぱりかなり意地が悪い。

「誰のせいですか」

先ほどに引き続き、拗ねた眼差しをそのまま上に上げれば、オルベウスは、

「さあ。誰のせいだろうな」

と嘯くように笑い、そして私をカウチへと押し倒す。

デコルテをやや強引に引きずり下ろされて真っ白な乳房が表にまろび出るのと、たくし上げたドレスのスカートから露わにされた両足から下着を取り払われるのとは、それほど大きな時差はない。

「こんなところで……あっ」

うっすらと目元を赤らめて抗議するも、ふるふると揺れる乳房を鷲掴《わしづか》みにされて色づいた先端をこね回されると、その後の言葉は簡単に喉の奥に消えてしまう。

「妹のことはもうフィンリーに任せて、そろそろ私の方に集中してくれないか。妻に忠実な夫に、ご褒美をくれてもいいだろう？」

褒美なんて、こちらが用意するまでもなくいつも自分で勝手に持っていくくせに。

「アステア」

希《こいねが》うように名を呼ばれると、私に逆らうことなんてできない。

「もう。……私をこんな風にした責任はちゃんと取ってくださいね」

カウチに身を横たえたまま、私は両腕を伸ばすと彼の肩を抱き寄せる。

そうして狭い座面で身体の位置を変えようとする彼の目前で、ゆっくりその両足を開いた。

先ほどオルベウス自身から下着を取り払われた下肢には、ガーターと絹のソックス以外は何も存在しない。

たっぷりとしたドレスの生地の陰で花開き、愛撫を受ける前からこの先を期待してしとどに蜜をこぼして男を誘う女の園に抗える者はどれほどいるだろうか。

彼は笑った。

余裕をなくした、熱に浮かされるような、見つめられるだけで達してしまいそうなほどの、強力な色気をまき散らす笑みで。

「責任などいくらだって取ってやろう。その代わり、もちろんあなたも責任を取ってくれるのだろうな？」

既に自己主張をはじめ、つんと尖って上向いた胸の先端に熱い舌を絡められて、ああ、と小さな喘ぎに似た溜息を漏らしながら、私は己の両足を抱え込む夫の肩に手を掛けた。

「責任も何も……私が嫌だと逃げ出そうとしても、逃がしてはくださらないのでしょう?」

「もちろんだ。だができることなら逃げないでほしいな。一応はこれでも、傷つく心はあるのだから」

「そんなの……あっ、ん……っ……あぁあっ!」

高い声が上がった。

彼の下肢が緩められ、衣服の合間からすっかりと熱を増した熱杭が顔を出す。

と思った直後にその熱杭は花園を貫いて、ずぶずぶと容赦なく最奥へと沈められたからだ。

まだ充分な愛撫も受けていないというのに、あまりにも性急すぎる。

だけど痛みはない。

私の身体はオルベウスの匂いと声、そして強烈に放つ色香によって既に準備を整えていたから。

ずっ、と一息に身体の奥まで貫かれて私は喉を晒すように身をのけぞらせた。

身体の内側を繊細な刷毛《はけ》で擽られるような愉悦に胴震いを起こす。

「あ、あぁ、んっ……」

呼吸が乱れ、甘い声が漏れるのと同時に、どこか少し物足りない気分なのは、私の中をいっぱいに満たすオルベウスが貫いた姿勢のまま、なぜか動いてくれないからだ。

いつもなら私がより強く反応する場所を中心に容赦なく攻めてくるくせに、どうしてと睫《まつげ》を上げて彼を見ると、笑っていた。

例のあの、色気に満ちた魔性の笑みで。

赤い瞳がまるで目の前に囚われた獲物をいたぶるように私を見ている。

はっ、と息が詰まったのはその時だ。

そして……それと同時に、彼を呑み込んだ私の中が、きゅっとその熱杭を締め付けてしまう。

「……どうした、アステア。私は動いていないというのに……締まったな」

からかうような声で指摘しながら、オルベウスはその大きな手で私のお腹をドレスの生地の上から撫でた。

………思えば、私ってものすごい格好しているわよね、いまさらだけど。

二つの乳房と秘所以外はまだ衣服を身につけたままで、男性に身体の奥深くまで貫かれているのだ。

まるで犯されているみたいな姿を晒している。

……恥ずかしい、と強烈な羞恥を覚えたとたん、また私の中が彼を締め付ける。

「あなたはこんなふうに犯されるのが好みなのか？」

低くオルベウスは笑い続けた。

「……そ、んなわけ、ないでしょう」

「だがここは随分嬉しそうに私を呑み込んでいるし、その奥も充分に濡れている。胸の先は可愛らしく尖っていて、肌もピンク色だ」

「……変なことを言わないで……あっ」

小さく短い声を上げたのは、彼が私の胸を掴み、赤く充血した乳首のてっぺんを擦ったからだ。

途端ビリッとした痺れる甘い刺激に私の身体は小さく跳ねて、また内側がそこにあるものを締め付ける。

「……っく……悪くない」

どうやらオルベウスは悪い遊びを見つけてしまったみたい。

腰は動かさずに、代わりに私の敏感な場所に触れてはその反応を引《ひ》き摺《ず》り出すのだ。

片方の胸を捏ねられ、小刻みに振動を与えるように揺らす。

そうしながら繋がった場所にもう片方の手を這わせると、私の花の芽を擽るようになぞる。

求めていた快楽には遠いのに、動いてくれなくて知らぬうちお腹の奥に溜まっていた欲求が刺激され、堪らず私は身を起こすと逆にオルベウスの上に乗り上がるように跨がって腰を揺らしていた。

「あ、あ、んっ、んんっ……や、深いぃっ……！」

だけどやっぱりもどかしい。

ぎこちない私の動きでは、いつも彼が与えてくれる快楽には足りない。

「……ねえ、動いて……足りないの、苦しい……お願い」

もっと深く、もっと強く、もっと理性を溶かして身体がバラバラになるような強い快感がほしい。

顔を真っ赤に染めながら、発情した瞳で私は彼の赤い瞳を覗き込むと、その唇に噛みつくようなキスをした。

「……いいな、もっと私を求めてくれ」

求めている、もうこれ以上はないと言うくらいに。

自らぎこちなく腰が揺れる、ゆらゆらと淫らに艶《なま》めかしく。

身体に残るドレスが邪魔だ。

動きづらくて、暑くて、何より彼の身体に全ての肌で触れることができない。

もどかしげに頭を振るたび、乱れてほどけた髪が零れて肩や腕、背中に滑り落ちる。

つい先ほどまで私の胸に触れていた彼の手を持ち上げ、再び乳房に導くとその手に自ら擦り付けるように身を揺すった。

「ん、あ、あぁ……」

硬い皮膚に柔らかな肉が潰されて、その真ん中で尖る乳首がこすれる。

気持ちいい。

でも足りない。

「ね、お願いだから動いて……もっとちゃんと触って……」

私の言葉に応じるように、彼の下腹がぶるりと震えるのが伝わった。

それと同時に内側に収まったままの男芯がより膨れて、私の中をみっしりと埋め尽くす。

それはあまりにも大きく、少しの隙間もないくらいに逞しくて、私はそれ以上動かすこともできなくなった。

苦しさと切なさ、そしてもどかしさにああ、と溜息を吐いた時だ。

「アステア。私に気持ちよくしてほしいか？」

何でそんなことを言うの、さっきからそう願っているのに。

そう言いたくても、今の私はガクガクと首を縦に振るだけだ。

ぎゅっと手の平に押しつけられた乳房を揉みながら、オルベウスは言った。

「なら私をその気にさせてみなさい。そうだな……あなたに誘惑されてみたい」

誘惑もしているつもりなのだけど、これ以上どう訴えればいいの？

あいにくと色事に乏しい私の知識では、意地悪な彼が動かずにはいられないほどの誘惑の手段が思いつかない。

できることはただ訴えるだけ。

殆ど熱に浮かされるような声で私は告げた。

「…………好きよ」

「……」

「あなたが好き……」

オルベウスが息を呑む気配が伝わってくる。

心なしかビクビクと身体の中の彼自身がうごめき始めた気がする。

ぴったりと密着した私の中は、彼の些細《ささい》な動きも、熱杭の血管に流れる脈動すら感じ取るようだ。

「好きなの、愛しているわ…………お願い、私を愛して。あなたにめちゃくちゃにしてほしい」

ずん、と強く下から突き上げられたのはその瞬間だった。

あまりにも突然のことに粘膜が灼けるような勢いで擦られ、最奥を抉られて溜まりに溜まった熱が一気に弾け飛ぶ。

恥ずかしいことにそのたった一突きで私は達した。

「あああああっ‼」

胎内が激しく蠕動《ぜんどう》し、彼自身に複雑な動きで絡みつく。

柔らかくなった女の肉襞は、まるでそこに別の生き物の存在があるみたいにひくつき、締め付け、しゃぶりつくのが判った。

めまいがするほど気持ちよい。

びくびくと何度も身体が跳ね、下腹が波打ち、絶頂の余韻でわななく。

なのにオルベウスは構わずにガツガツと腰を使い始めた。

欲望が限界を振り切ったみたいに。

「や、まって、まだ、まだ達してるからぁ!」

限界を迎えて敏感になった身体に新たな快楽は大きすぎる。

先ほどとは打って変わって、待って待ってと訴える私を、けれどオルベウスは再びカウチの座面に押しつけると片足だけを高く持ち上げて肩に担ぎながら幾度も私の中を突き上げ始めた。

その身体を押しのけようとしても、オルベウスの香りとその存在を意識するだけで私の中心は綻んで締め上げ、蜜を噴きこぼし、際限なく彼自身を受け入れてしまうのだからどうしようもない。

「や、あっ……深いっ……!」

ぐうっと背が反り返る。

そのまま、ゆさっと深い場所を小突くように揺すられると堪らなかった。

「あ、あっ、はあぁん!」

「アステア。……アステア」

全てを彼に差し出しているというのに、私の身体を抱きしめながら揺すり立てるオルベウスの声に僅かな切なさが感じられるのはなぜだろう。

私の目の前で星が散った。

私の中の動きが変わると、オルベウスの動きも変わる。

「あ、あ、いい……あぁ……」

「……は……」

「ん、ん……あ、んっ……」

強く突き上げられるのもいいけれど、優しく揺すられるのもいい。

先ほどまでの激しい突きとは打って変わって、小刻みにゆっくり、剛直と膣襞を密着させて円を描くように擦られると、そこからまた新たな火種が次々と点って、私の全身へと広がっていく。

互いの身体から溢れた潤滑液を混ぜ合わせるように満遍なく側面を捏ねられるのが好きだ。

「この動きは好きか？」

「……ん、……好き……」

身体の快感もさることながら、優しく抱かれている気がして心も満たされる。

でも子宮の入り口のコリコリしたところを先端でつつくように抉られるのも好き。

特に最奥の少し陰になった場所を押し上げられると腰が砕けるような愉悦に襲われて、内で

も外でも強く彼に縋り付いてしまう。

直後、再びずんと深く奥を突き、重く響く動きに変わった彼に縋り付く両手に力を込めた。

「あ、あぁ、んっ、ん、んっ！」

奥歯を噛みしめた。

なのに次の瞬間には新たな声が出て私の口を割る。

気持ちいい。

強烈な快楽の前に全身がバラバラになりそうなのに、でももっと滅茶苦茶にしてほしいと願ってしまう。

「あっ……あぁ……だめ、壊れる、壊れちゃう……！」

もう既に私は正気と狂気の狭間《はざま》にいた。

ゴリゴリと内側を擦られ、奥を抉られるたび、産毛という産毛が逆立って全身がびりびり震える。

それなのに。

もういっぱいいっぱいなのに。

「アステア……愛している」

妙にはっきりと耳に届いたその低く甘く艶めいた声に、私の頭の奥で何かが弾けた。

多分私は悲鳴のような声を上げたのだと思う。

高く高く、どこまでも響く、恋情と欲情に染まりきった女の声で。

誰かに聞かれたらどうしようとか、変な声が恥ずかしいとか思う暇もない。

「あ、ああ、あーっ、あああっ‼ んむ……っ！」

喘ぐ唇を塞がれ、舌に吸い付かれると息ができなくて苦しいのに、私は自ら彼の肩を抱き、背を抱き、頭を引き寄せて逆に吸い上げるようにその舌に舌を絡めた。

髪を振り乱し、腰を振りたくり、上からも下からも淫らな水音を響かせながら法悦を極め続ける。

そのうちに、オルベウスも私の身に残っているドレスや、己の身体に残る衣服が邪魔になったのだろう。

一度私の深い場所でその欲望を吐き出した後、まだどろりと白濁が糸を引いているのも構わずに身を引くと、互いの肌に残ったものを全て剥ぎ取り……そして私の腰を掴んで今度は背後からその身を沈めてきた。

「ああああああっ‼」

再び私は声を上げる。

もはや獣のような声だ。

どこに触れられても、どんな風に貫かれても、彼の汗の雫が肌に落ちる僅かな刺激さえ私には身もだえるほどの快楽となって全身を灼いた。

私の身体はどうなってしまったの。

そして彼はどうなってしまったの。

ただ愛していると告げただけで。

そして愛を告げられただけで。

このまま世界が終わってもいいから、ずっと繋がっていたいと願うくらいの快感と悦《よろこ》びに全身が震えている。

オルベウスは執拗に私の中を抉った。

浅い部分も、深い部分も、側面も、子宮の入り口も、己自身で触れない場所がないように。

そうしながら背後から私の背にピタリとその胸板を重ね、釣り鐘型に揺れる乳房を掴み、揉んで、その先端を扱き上げる。

下肢の小さな花の芽も同様だった。

皮を剥《む》かれ、むき出しにされたその場所を、貫かれながらぐりぐりと擦られると、私は立て続けに達した。

「あああ、いやぁっ！」

背が反り返り、喉が痛む。中で彼が弾ける、それなのにオルベウスのそれは二、三度揺するだけですぐに力を取り戻し、私の中をいっぱいに広げていく。

まるで底なしだわ。

「アステア、アステア……アステア」

まるで官能を与える呪文のように彼は私の名を呼んだ。

「おかしくなる、だめ、だめ、壊れちゃう、溶ける、怖い……！」

すすり泣く私をオルベウスが強く抱きしめる。

「泣くな、何も怖いことなどない」

彼は変わらず私を揺さぶり続ける、ああ、もう止まらない。

肌を打つ音、乱れる音、弾ける音、そして二人の嬌声と喘ぎがカウチの軋む音、何一つまともな音がないのに奇妙な四重奏となって部屋中に響く。

オルベウスの先端が、ごりっともっとも深い場所を、ひときわ強く抉った。

もはや声もなく、大きく何度も身体を跳ね上げ震わせながら、渾身《こんしん》の力で彼自身を締め付けた時、私たちは同時に果てを見た。

私の中に、驚くべき勢いで彼から吐き出された熱が広がっていく。

目の前にチカチカと星が散り、腰が大きく跳ね上がる。

ビクビクと何度も何度も痙攣のように震えながら絞り上げる膣壁の力で最後の一滴まで白濁を絞り取り、私のお腹の奥へと染み渡らせていく。

崩れるように身を投げ出しながら、私は小さく咳《せ》き込《こ》んだ。

声を上げすぎて、喉が痛い。

「……お水……」

か細く訴える私の声に反応した彼が一度身体を離すと、近くに置いてあった水差しに直接口を付けて喉を鳴らしながら飲み下す。

その潤いはすぐに私にも与えられた、口移しによって。

まるで砂漠に投げ出された旅人のように彼の唇に吸い付き、飲み下す。

足りなくなるとオルベウスは再び水差しに直接口付け、そして私に口移しで与え……そしてようやく喉が潤ってホッと息を吐いた直後、再び貫かれた。

今度は正常位で腰骨を押さえ込むように再び動き出す。

ゆさゆさと揺さぶられるたび、汗で濡れた私の乳房も揺れる。

その胸を揉みくちゃにしながら、なおも彼は揺さぶり続ける。

少し前に熱を吐き出したばかりだというのに、その熱が収まるのにはまだ時間がかかりそうで……嘘でしょ。これはいよいよ本当に私が壊れるかもしれない。

そう考えたのもつかの間、すぐにその思考は再び快楽の向こうに霧散してしまう。

「あ、だめ、まだ……っ……！」

達したばかりで敏感な身体を揺すられると、あまりにも強い快楽が痛みと紙一重で私を襲ってくる。

自分の身体が散り散りになってしまいそうな感覚に恐怖さえ覚え、必死に両腕を伸ばすと夫の逞しい身体にしがみ付いた。

そんな私を深く抱え込み、オルベウスはなおも腰を揺らす。

もはや凶器のような男の欲望が、乱れに乱れ濡れそぼつ女の園を掻き乱し、その腹の内に再び子種を撒《ま》き散《ち》らした。

その日、私は何度達したか判らない。

オルベウスも何度吐き出したか覚えていない。

そして私は再び三日は寝込んだ。

妖しい薬もなく、互いの気持ちの盛り上がりだけで妻を抱き潰した夫は、この後様々な人に叱られ、注意を受けて少し反省したみたいだ。

私もベラに叱られたわ。

「少しは身体を大事にしてください！　こんな無茶を続けられては本当に身体が壊れてしまいますよ！」

でもなぜだろう。神妙に縮こまる私のすぐ側で、シャリテも同じように怒られているのよ。

互いに互いの顔を盗み見て、疲れ切った顔と髪や衣服の下からチラチラと覗く鬱血の後に気付くと、つい苦笑しちゃったわよね。

ああ、盛り上がりすぎて無茶をしちゃったのね、って。

きっと、この日撒かれた種が実ったのだろう。

それから三ヶ月後、私たちはほぼ同時に初めての命を宿したことが明らかになって、それぞれの夫を歓喜させるのだった。


シャリテとフィンリーの結婚式は、ヴァルネッサへ帰国した翌年の初春に行われた。

もう書類上の婚姻は済んでいるし、改まった式は挙げなくてもよいとシャリテは遠慮していたけれど、それに反対したのは私だ。

「何を言っているの。結婚式はあなたのためだけじゃなく、あなたのお母様のために必要よ。娘の花嫁姿を誰より楽しみにしていたのはお母様じゃないの？　前後してしまったけれど、きちんと花嫁姿を天国のお母様に見せてあげないと」

私の言葉にシャリテはその場で泣いた。もちろん嬉《うれ》し泣《な》きだ。

私はシャリテが自分の亡き母に晴れ姿を見せてやりたいと本当は望んでいたことを、ちゃんと知っている。

ちなみにフィンリーはこの結婚を機に、オルベウスから男爵位を賜った。

本当は伯爵家の次男である彼に継ぐ爵位はなかったのだけれど、王妃の異母妹の夫となれば無爵位のままというわけにもいかない。

幸いにして彼はこれまでにいくつか目立った功績を立てていたけれど、本人が無欲なせいで褒美は先延ばしになっていたらしい。

そのため大して周囲の反感を買うことなく男爵となり、シャリテは男爵夫人として彼と共に生きることとなった。

私としてはもう少し高い爵位でもいいのではと思ったけれど、あまり高すぎても苦労するのは二人だしね。

シャリテも男爵夫人くらいの方が肩肘を張らずに過ごせていいのかもしれない。

「綺麗よ、とても。礼拝堂でフィンリーが待っているわ。自信を持ってお行きなさい」

「ありがとうございます、お姉様……私……」

まだ花嫁の控え室だというのに、シャリテはぽろぽろと泣き出す。

私も目頭が熱くなったけど、二人揃って化粧を崩すわけにはいかない。

「しっかりなさいな。あまり泣くとお腹の赤ちゃんが心配してしまうわ」

「はい。お姉様も」

二人揃って己の腹を見つめ、そして改めて視線を合わせると笑った。

新しい小さな命を宿した私たちのお腹は、ほんの少しだけど膨らみ始めている。

そのため身に纏うドレスは胸の下からふわりと広がる切り返しの入った、腹部を締め付けないデザインのものだ。

多目のドレープをふんだんに作り、レースと花飾りをあしらったドレスはシャリテの甘い容姿を引き立ててよく似合っていたし、逆に私は少し華やかすぎる容姿を優しく抑えて清楚に見せることに成功している。

その時、控え室の扉を軽く叩く音が聞こえた。

やってきたのはフィンリーの父親である伯爵だ。

今日の結婚式で花嫁を花婿の元へ連れて行く役を引き受けてくれたのである。

夫によく似た優しい笑みを浮かべる義父を見つめ、シャリテは深く頭を下げた。

私は王妃という立場上簡単に頭を下げるわけにはいかないけれど、伯爵の目を見つめて微笑み、そして万感の思いを込めて願いを伝える。

「どうぞよろしくお願いいたします。末永く、家族として迎え入れてやってください」

「もちろんです。王妃様の大切な妹君であり、我が息子の最愛の妻です。お腹の子も含め、既にシャリテ殿は我が家族ですよ」

義父にその後を任せて部屋を出れば、廊下ではオルベウスが待っていた。

「目が赤いな」

「そう？　お化粧を直した方がいいかしら？」

「いや。そのままで大丈夫だ。あなたは充分美しい」

「口がお上手ね、あなた」

差し出されたオルベウスの手を取れば、彼は私の足元を気遣うようにゆっくりと歩幅を合わせて歩き出した。

自分たちは先に礼拝堂の参列席に着いていなくてはならない。

「気分はどうだ。辛いようなら運ぶぞ」

「大丈夫よ。ちゃんと歩けるわ、心配性な旦那様ね」

「心配もするさ。こういう時に無力な男は妻の身と、腹の子の心配をすることしかできない」

私たちの懐妊が明らかになったのは二月ほど前のことだけど、それを知った時のオルベウスの喜び方は私が想像していた以上だった。

普段のどこか人を食ったような態度はどこへやら、驚いて、目を丸くして、それから歓声を上げた彼は、私を抱きしめてしばらく離さなかった。

その時に、改めて強く思ったのだ。

この人の元に嫁いでよかった、と、心から。

「ねえ、陛下。……いえ、オルベウス」

礼拝堂へ向かう途中、オルベウスがハッとした表情でこちらを見た。

彼はすぐに気付いたのだ、私がその名を口に出して呼び捨てるのはこれが初めてだと。

自分を見下ろす彼の赤い瞳を見上げて、私は笑う。

まるで無邪気な少女のように。

「大好きよ。ずっと側にいてくださいね、私の旦那様」

一瞬の間の後、彼の顔が見る間に赤く染まった。

初めて愛の言葉を伝えてから知ったことだけど、どうやら彼はこういう言葉にものすごく弱いらしい。

もう何度となく告げたのに、そのたびに初めて聞くようないい反応をしてくれる。

「……まったく、我が妃は人の不意を突くのがお好きなようだ」

「そんなつもりはないのだけど、でもあなたが驚く顔を見るのはいい気分だわ」

「……やはり、この後少し化粧を直してもらった方がいいな」

「えっ？　崩れている？」

「今から崩すんだ」

腕が軽く引かれ、大きな腕に抱え込まれる。

直後、塞がれた唇は、夫の唇によって紅を乱され、甘く吐息を奪われるのだった。

終章

「殿下〜、セイル王太子殿下、どちらにいらっしゃいますか？」

　とある夏の日の午後。

　ヴァルネッサ王国王城内で、ひたすらにこの国の王太子の名を呼びながら探し歩く少年がいる。

　年の頃は十をいくつか超えたばかりの、従騎士の制服に身を包んだその少年のことを知らぬ者はこの城にはいない。

　少年の声を聞きつけて庭園の方から顔を出したのは、彼よりも二つほど年下の、夏らしい涼しげなドレスに身を包んだ少女だ。

　華やかな金髪といい、碧眼の瞳といい、少女と従騎士の少年はよく似ていた。

　それも当然である、それぞれの母親は姉妹で、つまり二人は従兄妹同士なのだから。

「ウィリー、またお兄様を探しているの？　今日はなに？　午後の剣術の稽古をサボって逃げ出したのかしら」

年の割に大人びたものの言い方をする従妹に、ウィリーと呼ばれた従騎士の少年は困ったように笑った。

「アリシア姫の仰るとおりです。すぐに見つけて連れ戻さなくてはならないのですが、なかなか見つからなくて」

「もう、いつも言うけど、ウィリーは私のことを姫と呼ばなくていいの。従兄妹でしょ。それに敬語も。直さないと、お兄様の居場所を教えてあげないわよ」

どうやらヴァルネッサ国王オルベウスが目に入れても痛くないほど溺愛している姫君は、少年が臣下の距離を取ろうとすることにご不満のようだ。

このぷくっと頰を膨らませると、彼女の母親である王妃と実によく似ている。

その王妃もまた少女と同じことを、この従騎士の少年、ウィリーに言うのだ。

『甥《おい》にプライベートの時も畏まった言い方をされると寂しいわ』

と、少々芝居がかった悲しげな表情で。

母に似ていて、それでいて母より強かな王妃にウィリーは頭が上がらない。

結果、その王妃によく似たこの王女にもだ。

「判ったよ、アリシア。だからセイルはどこに逃げたか教えてくれる？」

とたんに小さな王女は満面の笑みを浮かべる。

「お兄様なら少し前に裏手の方に走っていくのを見たわ。きっとトマスの子犬を見に行っているのよ。私も行くところだったの、一緒に行きましょ」

トマスとはこの城の庭師の一人だ。

番犬を飼っていて、最近その犬に子が生まれたのだ。

そのうちの一匹を譲り受ける約束をしているとあって、セイルは毎日のように様子を見に通っている。

はい、と差し出された小さな王女の手が、躊躇いなくウィリーの手を握る。

そして二人並んで歩き出した。

目的の場所はまだここから少し先だ。

「赤ちゃんといえば、シャリテ叔母さまはどう？　もうすぐ産まれそうなのでしょう？」

「もう少しかかるかな。来月くらいになるだろうって父さんが言っていたよ。アステア伯母上の方はどう？」

「お母様はもうすぐみたいよ。相変わらずお父様が心配して執務の合間に何度も様子を見に行っては怒られているわ」

「うちも似たようなものかな。もう四度目になるのに、何度経験してもお産は心配らしい」

「お父様もよ。でも従弟妹や弟妹が増えるのは嬉しいわ。それにしても、お母様と叔母様って本当に仲良しよね、四度とも赤ちゃんが同い年なんだもの」

そうなのだ。

二人の母親は本当に仲の良い姉妹だが、過去三度同じ歳にそれぞれ同じ性別の子を産んでいて、今回の出産で生まれる子も同い年になりそうである。

もちろん示し合わせたわけではないし、次生まれる子も同性とは限らないが、偶然も四度も重なれば運命的だ。

そして姉妹同様、その子たちも非常に仲が良い。

アステアとシャリテの姉妹に子が生まれてから、この城から子どもたちの声が途絶えたことはない。

そんな子どもたちの声を、父も母もことのほか気に入っていることを、幼い王女はよく知っていた。

探し人である、王太子セイルが側付の侍従と共にこちらに向かって走ってくる姿を認めたのは、アリシアとウィリーの二人がほのぼのと笑い合いながらもうすぐ目的の場所に着こうかという頃だ。

「シア、ウィリー！」

「お兄様？」

「どうなさったのですか、殿下」

父王オルベウスによく似た黒髪と赤目の王子は何やら随分と慌てた様子だ。

目を丸くする妹と従兄弟にセイルは告げた。

「急げ、母上が産気づいたと報せがあった！　もうすぐ産まれるぞ！」

「えっ、あっ、待って、お兄様！」

バタバタと駆け去る兄王子の後を、王女が慌てて追いかける。

その後ろに続くのはウィリーと王子の侍従で、四人が揃って王妃の部屋へと到着すると、既に父のオルベウスはその隣の部屋で、うろうろと行ったり来たりを繰り返している。

その父の後を面白そうに追いかけて、同じように行ったり来たりを繰り返すのはまだ五つの弟だ。

次第に歩行が早くなる父の足にぶつからぬようにと、アリシアは小さな弟の手を掴むと自分の元へ引き寄せた。

姉に遊んでもらえると思ったのか、可愛らしい声を上げる弟を抱えたまま、ウィリーやセイルと共にカウチに座り込んでどれほどがすぎたか。

もはや馴染みとなった赤子の産声が響き渡り、程なく隣の部屋から顔を出した母の専属侍女であるベラが告げた。

「おめでとうございます、可愛らしい王女殿下のご誕生です！　王妃様もお子様もお元気です」

「でかした！」

普段、王としてどっしりと落ち着き払い貫禄《かんろく》のある父が人前で感情を露わにすることは、そう多くない。

その数少ない例外が母の前であり、そして我が子の前だ。

「あかちゃん⁉　あかちゃん、僕、見たい！」

一足先に、妻と子の顔を見るために隣の部屋に向かう父の後を、追いかけたいとアリシアの腕の中で弟が手足をばたつかせる。

その身体をより深くしっかり抱え込んで、アリシアは言い聞かせるように告げた。

「もう少し待って。まずはお二人を先に会わせてあげましょうね。頑張ったお母様に一番に会うのはお父様の権利なの」

ウィリーに対しては少女のように振る舞うアリシアも、弟に対しては年齢よりもずっと大人びた姉の顔を見せる。

そんなアリシアを見つめながら、ウィリーが思い出したのは彼の母の言葉だ。

『アリシアはお姉様に本当によく似ているわ。特に、下の弟妹に優しいところがね』

小さな少女がお姉さんぶっている姿は素直に愛らしい。

それと同時にしっかり者の従妹に感心しながら、なんとなく目を離せずにいるウィリーにこっそり声を掛けたのはセイルだ。

「何、じっと見ているんだよ」

「えっ？　いや、可愛いなと思って」

「いくらお前でも、アリシアは簡単にはやらないぞ。どうしてもほしければ俺と父上を倒していけ」

「その試練を達成できる男がこの国にどれだけいると思っているの……」

ウィリーがやや呆れ顔で従兄弟を見返した時、再び隣の部屋の扉が開いてオルベウスが顔を出した。

ホッと安堵が浮かぶその顔から、無事に妃と子に会うことができたらしい。

「お前たち、部屋に入りなさい。アステアと妹が待っている。ウィリーもだ」

わっと子どもたちの間で歓声が上がる。

王妃の寝室への入室許可を得て、我先にと部屋に飛び込んだ子どもたちが、新たな命と王妃の笑顔に出迎えられるのはこのすぐ後のことだった。


ヴァルネッサ国王オルベウスと、王妃アステアの間には最終的に三男二女の子に恵まれて、その子たちは成長と共に両親を支え、国のそれぞれ重要な役割を担うようになる。

ヴァルネッサ王家の仲の良さと家族愛は、多くの民の理想として語り継がれていくこととなるのだった。

あとがき

蜜猫文庫様では初めまして、逢矢沙希と申します。

「身代わり婚失敗王女は即バレ後、隣国のカリスマ王に執着溺愛され困ります⁉」をお手に取っていただきありがとうございます！

身代わりものって大抵身代わりにされた側がヒロインになることが多いですが、これが逆の立場だったらどうなるのかな？　と思ったのがこのお話の始まりです。

行動力も決断力もあるけれど、わりとポンコツで愛嬌のあるアステア姫と、その執着がちょっと怖いオルベウス陛下とのラブロマンス、とても楽しく書かせていただきました。

イラストを描いてくださった、すがはらりゅう先生、ありがとうございます！

キャラデザの美人可愛いアステアと、イケメンオルベウスに感激しました。素敵なイラストで飾っていただく本がどのように仕上がるか今から楽しみでなりません。

また担当様、デザイナー様、出版社様他、関わってくださった皆様。そして読者の皆様に深く感謝を申し上げます！

一人でも多くの方にお楽しみいただけますよう、心から願っております。

逢矢沙希

蜜猫 Mitsuneko Label

蜜猫文庫をお買い上げいただきありがとうございます。
この作品を読んでのご意見・ご感想をお聞かせください。
あて先は下記の通りです。

〒102-0075 東京都千代田区三番町 8 番地 1 三番町東急ビル 6F
(株)竹書房　蜜猫文庫編集部
逢矢沙希先生 / すがはらりゅう先生

身代わり婚失敗王女は即バレ後、隣国のカリスマ王に執着溺愛され困ります!?

2023 年 6 月 29 日　初版第 1 刷発行

著　者　逢矢沙希　
発行者　後藤明信
発行所　株式会社竹書房
〒102-0075 東京都千代田区三番町 8 番地 1 三番町東急ビル 6F
email : info@takeshobo.co.jp
デザイン　antenna
印刷所　中央精版印刷株式会社

婚約破棄された令嬢、
敵対する家の旦那様と
スピード結婚する。
溺愛包囲網がスゴ過ぎます♡
花菱ななみ
Illustration SHABON

あのときかな。君にすっかり
恋していることを自覚したのは

舞踏会で属する派閥の御曹司に婚約破棄されたカミーユは、敵対する派閥カロリング家の当主アイザックに庇われ求婚される。反対されるかと思った結婚はアイザックの根回しでスムーズに進み、カロリング家でも予想外に歓迎されてとまどうカミーユ。「望まないことはしないが、本当に望まないか試させてもらえないか」誠実なアイザックに情熱的に愛され彼に惹かれていく彼女だが元婚約者がアイザックを陥れようとしていると知り!?